坂物語

池田ひろこ

IKEDA Hiroko

文芸社

もくじ

古いブランコ

坂道を上がっていくのはしんどい。それでも神戸の山手は大好きで足が向いてしまう。美千子は、震災があってからすっかり変わってしまった風景を確かめながら歩いた。たしか、ここら辺に古い老舗《しにせ》の鍋物屋さんがあったはずだがと、立ち止まって周囲を見回したけれど、それらしき建物は見当たらない。新しい物もいいが、古い佇《たたず》まいも残しておいてほしいと思う。

もうここが坂のどん詰まりだ。左に曲がった時、「ミー」と自分を呼ぶカーナの声が確かに聞こえた気がした。思わず振り向いたけれど、そこには声の主の姿はなく、観光客らしき二人連れが歩いているだけだった。

そんなあほな。カーナが呼ぶわけないやん。カーナが手伝っていたお洒落《しゃれ》なチョコレートショップは、曲がった道のもう少し先にあるのだから。

ハバロフスク生まれの白系ロシア人カーナは、ハルビンにも住んでいたことがあったので、結構漢字に強い。加奈という漢字をあてはめて勝手に日本名をつけてしまっている。

「カーナの本当の名前はどう言うのん」

「ミーには言ったって分かんないよ、私の名前はクリスチャンネームや親の名前なんかがついてるから、長いんだよ。でも私は日本人だから加奈でいいの、カーナじゃなくて加奈」

とすぐに言い返してくる。

カーナはハルビンで日本人と結婚して、日本に来たらしい。日本語は達者なもので、ことわざや御伽噺《おとぎばなし》もよく知っていて、ミーはそんなことも知らないの、日本人だろう、そのくらい知っときなよ、と美千子はしょっちゅうやり込められている。

美千子はそのたびに超むかつく！　と思うが、そりゃあカーナは私が生まれる前から日本に住んでるんだもん、当たり前やわと勝手な解釈をして、自分を納得させることにしている。口に出したら何十倍もやり返されるので黙ってしまうことが多いのだった。

「ミー、たま子は元気にしてる？　たま子ったら私の顔を見て、なんだお前かって顔して、さっさとあっちへ行っちまいやがって、可愛げのない奴だよ、まったくあいつは」

カーナはいつも美千子の顔を見ると、わざと歯切れの良い江戸っ子弁で、挑発的なことばかり言ってくる。美千子が嫌な顔をすると、それを楽しんでいるかのように、とんがった顎を上げて、憎ったらしくへっへっへと笑う。もう二度と会わないぞと美千子は思うのだが、カーナとのこんな付き合いももう何年になるのだろう。

「ミー、ミーって言わんといてよ。私が猫で、猫のたまの方が人間みたいに聞こえるやん」

「だって仕方ないじゃん。あんたは私にとってはミーだし、猫はたま子って名前だろう」

「たま子じゃなくて、たま！　勝手に子なんてつけんとってよ」

「いいじゃん、ミーとたま子で。私はロシア人だから美千子はミーでいいの」

可愛くないのは猫のたまじゃなくて、カーナの方だ。

「それに、ミーは私から見たら娘みたいな年だもん。ねぇミー」

最後の一言、ねえミーだけはいかにも親しげに、甘ったれた声を出して、いきなり美千子を抱きしめて頬にキスをしてくる。

今日はロシア人だと言っているけれど、急に、「私は日本人なんだからね、馬鹿にすんなよ」と言ってたんかをきることもある。都合に合わせてロシア人になったり、日本人になったりするのだからたまらない。かんべんしてよねと言いたくなる。だから、外人さんは何考えてるのか分からんのや、と美千子は思いながらも、相手もそう言っているかもしれんな、お互いさまかなぁと思ってしまう。人間生まれ育った環境の違いは大きく、その隔たりを埋めるのは容易なことではないのだ。

カーナが住んでいるのは、絶壁の下に建っているこぢんまりとした、古い木造建ての洋館だ。こんな不自由な坂の上になんで住まなくてはならないのか。美千子は初めてカーナの住まいを訪れた時、上りのきつさにそう思った。

だが上りきって振り返った時には、眼下に広がる神戸の街並みと海に浮かぶ船を見て、うわぁ、と思わず歓声をあげたものだ。カーナが気に入ってここに住んでいるわけがいっぺんに理解できた。

玄関の戸を開けると、狭い靴脱ぎの脇に下駄箱があって、その上には赤い薔薇《ばら》が活けてあった。すぐ横には小さなキッチンがあり、奥の部屋には、重厚な白木の丸テーブルと椅子が置かれている。歩くと、かすかに床板がきしんだ音を立てた。

黒い格子の手すりがついている階段を上がっていくと、そこは四方を窓に囲まれた、広々としたベッドルームになっていた。どの部屋にもカーナらしいロシア人形や鉢植えの花が置かれていて、明るく飾ってあった。

ミー、これが我が家のご馳走《ちそう》よ、と言ってカーナは花柄のレースのカーテンを押し広げ、古めかしい両開きのよろい戸と窓をぎくしゃくさせながら外へ押し広げた。

「この古びた窓、すごく素適。小さい頃はロシアでもこんな家に住んでいたの？」

するとカーナはうなずきながら言った。

「ミー、朝はお日さんが大阪湾からぱーっと照ってくるし、昼間は天気が良いと、四国まですーっと見えるんだよ。夜はお星様がきぃらきら。そりゃぁきれいだよ」

カーナのゼスチャーはいつもオーバーすぎる。陽気にそう言ったかと思うと、急にしんみりした口調で言葉を接いだ。

「大陸で見た星空を思い出したよ……。夜景もいいけど、わたしゃなんたって星が好き。凍《い》てつくような寒空に広がっている星……」

顔を少し上に向け、涙目をしばたたいて、カーナは胸の前で小さく十字をきった。壁の片隅には小さなキリストの十字架像が掛けられていて、その前の棚には二本立てのロウソク台が飾ってあった。カーナはきっと星に思い入れがあるのだろう、蒼白《あおじろ》い顔の、こめかみのあたりに血管が浮いて見えた。このカーナの感情の起伏の大きさに、美千子は戸惑ってしまうことがしばしばだった。

塗料が剝げ落ちて赤茶けてしまっているブランコに腰を下ろしたカーナの、透き通るような白い顔に、夕日があたってほんのりピンクがかって見える。カーナは顔にかかる栗色《くりいろ》の髪の毛を細い指でかきあげながら、早速美千子に憎まれ口をたたいてきた。この緑に囲まれた小さな公園で西日をあびながらブランコに身を任せ、揺れているエキゾチックなカーナの横顔は、写真に撮りたいような静かなワンショットなのに。あーぁ、またか！　黙っていたらいいのに。

「ミー、ここにお座りよ。だけど、こいつも随分古いから、ミーのお尻の重さに耐えられるかな」

ブランコを手で叩《たた》きながら、カーナは美千子の反応を意地悪くちらっと見ている。なるほどブランコはかなり老朽化していて、吊《つ》り縄が伸びきってしまっている。

「ほっとってよ。私が座ってぶっ壊してやるから。カーナも一緒に落っこちるんよ」

へっへっへと笑っているが、美千子がブランコに並んで腰を下ろすと、カーナはつぶやくように歌い出した。「日暮れはいつも淋しいと……やさしくゆれた白い白いブランコ……」と。

「ミー、この歌、いい歌だろう。私、この歌大好き」

とび色の目をとろんとさせ、カーナは海の向こうを見つめて口ずさんでいる。美千子はブランコをゆっくりと揺すった。

カーナはどんな人とブランコに乗ったのだろう。少女時代に手をつないで遊んだ、ロシアのボーイフレンドだろうか。それとも、もっと幼い日に、静かに揺らしてくれたママのことだろうか。「君は覚えているかしら」とカーナは歌い続けている。「あの白いブランコ……」。美千子がブランコとハモると、満足そうにうなずきながらこっちを向いて、にっこり最高の笑顔を見せてウインクしてきた。美千子も笑顔でハモりつづけた。

「誰を思い出してこの歌をうたってるんか、カーナのその顔見てたら分かるわ。ブランコにいい思い出があるんや、きっと」

「別に、思い出があるわけではないさぁ。だけどきれいな歌だから好き。でもねミー、歌は私の日本語のお師匠さんさ。日本語がまだ下手だった時、当時の流行歌の歌詞をまる暗記して歌うことで、日本語を喋《しゃべ》れるようになったのさ。

その頃は、は〜れた空〜ってやつが流行《はや》ってた。一生懸命歌詞を覚えても、初めはよく意味が分からなかった。でもだんだん意味が分かってきたらすごくいい歌詞があったんよ。それから日本の歌がいっぺんに好きになっちまってよ。演歌も歌ったし、裕次郎の歌なんかみんな覚えた。あれは泣かせるね。ひばりちゃんも大好きだよ」

カーナは澄んだよく通る声をしていて、歌うのが上手い。日本の演歌のむつかしい小節も器用に歌いこなしてしまう。子供の頃から聖歌隊で歌っていたからだろう。今でも教会で礼拝の時には先頭に立って歌っているらしい。

ある日、ミー、今度教会に行く時に一緒に来ないかと誘われた。美千子は子供の頃から、祖母が仏壇の前であげるお経を毎日聞いて育ったので、門前の小僧習わぬ経を読むという言葉そのもので、帰命無量寿如来、と今でもお経がとなえられるくらい覚えてしまっている。

クリスチャンなんて、美千子は無縁のものだった。だから教会には今まで一度も足を踏み入れたことがなかった。でもカーナの賛美歌は素晴らしいだろうな。天井の高い教会に響いて。そう思うと聞いてみたい気がした。ロシア正教は戒律が厳しいキリスト教だということぐらいは美千子も知っていた。

「私がそんな所について行ってもいいん？」

「そら教会だもん。ミーが来てくれたら嬉《うれ》しいよ。後ろの席に座って見てたらいいんよ」

「行く行く。カーナの賛美歌聞きたいよ」

「言っとくけど、歌うのは私だけと違うよ、みんなで歌うんだよ、結局ロシア人がほとんどだけどね。でも神戸のロシア人も減っちまったよ、だんだん年を取っちまってさ」

カーナのしんみりした口調に美千子は弱い。これがあるからカーナから連絡がないと心配になってきて、つい電話をしてしまう。

「ついこの間、また一人死んじまったよ。ミーも知ってるだろ、オルガだよ。淋《さび》しいね、一人で最期を迎えるなんて」

「あの人、一人で住んでたん？」

「あんなに教会には熱心に来てたのに、姿を見せなかったから神父さんが心配して、家に訪ねて行ったらもう冷たくなってたって。私もきっとそうだと思うから、ミー、時々電話してね、出なかったらその時はすでにおさらばしてるよ」

「何言ってんのんよ、大丈夫や。それだけ憎まれ口たたいてる間は、なかなか死なれへんわ。何とかは世にはばかるって言うやんか。逆に、カーナが仏様みたいになったらやばいかもよ」

「そんなん分からんよ。私の旦那は私を日本へ連れてきておいてさ、あげくに私をほっといて、さっさと自分だけ先に逝っちまってよ。もういいかげんに呼びに来てくれても悪くないと思ってるさ。だけど私は死んでも焼かずにそのまま、外人墓地に埋めてもらうんだ」

「そんなん今はあかんよ。なんぼカーナが外人かて法律で決まってるんやもん。ええやんか、灰になって土に返ったら」

「あーぁ。ミーはそんなこと言うけど、私は焼かれて、あっちちあっちちなんて嫌だよ。まっぴら御免だね」

いつのまにか公園はすっかり日が暮れて街灯が点《とも》り、肌寒い風が吹いていた。


猫のたまがカーナの膝に乗って目を細めている。いつもならこの人はかなわんとばかりにお尻を向けて、さっさと自分の座布団へ行って丸くなってしまうのに。

「そうだよ、こうして来てくれりゃお前も可愛いもんだよ、ねえたま子」

カーナはダイニングの椅子をかなり後ろにずらして、たまが座りやすいように、テーブルとの間に幅を取って座っている。たまの丸まった背を撫《な》でながら、美千子に聞こえよがしにたまと話をしている。かなり機嫌が良い。

「でもなんでたま子なんて名前にされたんだい。お前は真っ白できれいな猫ちゃんだから、しろ子の方が良かったのにね。ミーにたま子なんておかしな名前をつけられたんだろう。

かわいそうに」

また、人の家に来てまでなんくせをつけている。たまっていうのは日本の典型的な可愛い猫の名前なの！　言いたいのをこらえて、美千子は知らんふりをしてキッチンへ立って行き、お茶を入れることにした。

挽《ひ》き立てのコーヒーにお湯を注ぐと、たちまちさほど広くない部屋中に香りが広がった。慌てて換気扇のスイッチを入れようとしたら、カーナが、あぁいい匂いと言って、とんがった鼻をおおげさにくんくんさせたので、ちょっといらついていた美千子の気は落ち着いた。あまりの口の悪さにかちんと来る時もあるが、やはり今日はカーナが気に入っている、リモージュの小さなけしの花をあしらったコーヒーカップにしようと思った。

「あぁ、ミー。今ここへ来る時――ほら今日は野球があるだろ――球場の前を通ってたら、私のことをあの何とかいう外人選手のかあちゃんだなんて言いやがってよ。私は日本人だよ！　って言ってやったらさ、日本語喋ったって驚いてやがったよ。ざまあみろだよ」

へっへっへと気分良さそうに笑っている。

カーナの艶《つや》のある栗色の髪は、後ろにきっちりとまとめられて、ハンカチで何気なく括《くく》ってある。彫りが深く目のくぼんだ白い顔はどう見ても外国人なのだが、華美を好まずに、どちらかと言えば地味でこざっぱりとした服装をしている。背もさほど高くはない。この男の人のような話し方さえしなかったら、カーナは可愛い人なのだが、と美千子は横顔をちらっと見た。

美千子が運んできたコーヒーカップの取っ手を、右手の小指を立ててつまんで美味《おい》しそうに飲みながら、カーナは左手でタバコを指にはさむ。そしてその腕を少し持ち上げ気味にして手首を外にそらし、親指を顎の下に軽くあてがってタバコをくゆらす。そんな時のカーナの横顔は険が取れて穏やかで良い。

「へえー、あの格好いい外人選手の奥さんやって言われたんやったらいいやんか、そうよ、って顔してすましてりゃ良かったのに」

「嫌だよ、ミーはあんなの格好いいって言うけど、私は好みが違うね。やっぱりなんたって高倉の健さんだよ、あの人はいい男だね」

「カーナは日本人びいきなんや」

「それでなきゃ、日本にじっとなんかしていないよ。でも日本はいいよ、日本は」

嚙《か》み締めるように言いながら、カーナはタバコを灰皿に押しつけてもみ消した。その手は心なしか震えていた。美千子は空になったカップに残っていたコーヒーを注ぎ入れ、聞こうか聞くまいかと迷ったあげく、カーナにそっと尋ねてみた。

「カーナはご主人が亡くなった後、どうして帰ってしまおうとは思わなかったの」

「そりゃ、その時は帰ろうと思ったさ。でも、帰れなかったんだよ、当時は」

「へえー、そうだったの。なんで？」

「なんでったって、私は日本国籍。正真正銘の日本人なの。でもあっちへ行ったら外人扱いさ。いくら元でも駄目だったんだよ。ハバロフスクまでは入れても、私の家はそこからまだずっと行った田舎なんだよ。おかげでホテルで足止めさ。役所で、親の家まで行かせてくれと頼んだんだけれど、ニエット、ニエット、こればかりだよ」

「なんで、なんで。そんなこと有り？　カーナの生まれた所やろ」

「それがソ連だったんだよ。どこへ行くにも監視されていて。おっかさんと姉さんがホテルに会いに来てくれたけど。いくら周りの人と同じこんな顔をしていても、あっちでは私は外人だよ」

　言い捨てたカーナの言葉は素っ気なかった。冷たくなったまま置かれていた二杯目のコーヒーを飲んだ。そしてまたタバコに火をつけて煙を長く吐いて、目を遠くにやった。

「ふーん、そんなことがあったんや」

「今は行けるようになったけど、おっかさんも姉さんも死んじまって、帰る所なんてなくなったのさ」

美千子もつられて冷めたコーヒーを口に含んだが、たまらなく苦かった。しばらく沈黙が続いて、美千子は何か話さなければと焦ったが、言葉が見つからない。

「ミー。本当のことを言うとね。いや、やっぱりやめよう」

カーナの方が先に口を開きかけたがつぐんでしまい、三本目をせわしなく口にくわえた。目をうつろに宙にさまよわせ、前にあるのにライターを探している。美千子は手を伸ばしてライターを取って渡した。カーナの胸にあるものは、よほど大切なものなのだろう。

「言いたくなかったら無理には聞かへんけど……」

「うん、実は私にはね」

ゆっくりした口調で、たまを撫でながら話し出した。

「女の子がいるんだよ。日本がちょっと豊かになり始めて、やっと生活も安定してきて、お腹に子供がいたっていうのに、お父ちゃんが車で事故死さ。私はお先真っ暗になったよ、その時は……」

「そうなんだ……その娘さんは今どうしているの」

カーナは蒼ざめた顔を天井に向けて、ライターを握ったままで十字を切る。かちんかちんと何度も火をつけては消しを繰り返し、あげくに赤く燃える火をじーっと見つめている。ちょっと不気味だ。美千子は冷静さをよそおって、聞き役をつとめようとした。

「お父ちゃんは優しい人でさ、私は親たちには許されない嫁だったけど、私のために洗礼まで受けて結婚してくれたんだよ。それが」

堰《せき》を切ったように溢《あふ》れた涙が、上を向いたままのカーナの目から頬を伝い、たちまち膝の上に滴り落ちてたまの毛を濡《ぬ》らした。

「あげくに娘は親に取り上げられて、私は離縁されちまって、塵《ちり》を掃くように追んだされた……。そりゃ怨んださ、鬼だって……。死のうとも思ったさ……。でも死ねない。私には神様がいるから」

途切れ途切れにやっと言い終わって、胸でまた小さな十字を切った。

ほーっと息を吐き出して素手で涙を拭ったカーナは、美千子とまともに目を合わせ、腫れた目蓋《まぶた》にうっすらと笑みを浮かべてうなずいて見せた。カーナに大泣きされたらどうしようかと、気をもみながら話を聞いていたが、それは時間の経過が作り出した諦めなのか、意外にカーナはやわらかい表情をしている。

「あーぁ。ごめんよ、たま子。お前をこんなにぐしゃぐしゃに濡らしちまって」

カーナはたまの背中を慌ててハンカチで拭った。

カーナのご主人は北海道に眠っているらしいが、娘さんはどこでどうしているのか、今は分からないらしい。

「仕方ないよね。でもいいの。ロシア人も沢山《たくさん》いるし、日本の友達もいる。それに娘のようなミーもいる。日本が一番いいよ。ねえーたま、お前も私の良い友達だもんね」

たまはカーナに抱き上げられて頬ずりされている。我侭《わがまま》なはずのたまは今日はいやに従順で、まるでぬいぐるみのようにされるがままになっている。

「カーナ、今日はゆっくりしていってね。実はボルシチを煮込んであるんよ」

「へぇー、嬉しいよ。ミーのボルシチは美味しいもんね。だけど本当言えば、もう少し香辛料を減らしてくれると、もっと好きなんだけどな」

スパイス料理が好きな美千子は、どうしても使い過ぎてしまう。

「そう言われると思って減らしてある。バッチリ抑えてある。それにスワコワ（ビーツ）も使ってあるんよ」

「嬉しいね。もうひとつ、サワークリームがあったら最高だね」

「あるある。ちゃんと生クリームじゃなくて、サワークリームを買ってある」

キッチンでガスに鍋をかけて温めながら、美千子はダイニングに向かって大きな声で話しかけた。

いつだったか、カーナが美千子のために、サリャンカというロシアの家庭料理を作ってくれたことがあった。その時、メンチカツも作ったけれど、針鼠《はりねずみ》になっちゃったから、ミー笑わんといてよと言った。美千子はカーナが私のために作ってくれたのだもの、笑わないよと言ったが、目の前に置かれたメンチカツを見てぷっと噴き出してしまった。そこには、ぱりぱりの大きな、丸々と肥えた針鼠状のカツが、でんと皿の上に載っかっていた。今思い出しても可笑《おか》しくてたまらなくなってしまう。

美千子は笑いをこらえながらちょっと意地悪く、カーナの失敗をわざとおおげさに喋った。カーナは、こら！　またミーは私をからかってそんなことを言う、と言いながらもテーブルを叩くと、お腹を抱えて大笑いをした。

うどん鉢のような形をした素焼きの器にボルシチを入れて、サラダとサワークリームをテーブルに並べた。

「最高じゃん。たま子、お前も腹減ったろ。サワークリームをなめろ」

「あかん。たまは生クリームしかなめへん」

美千子は慌てて制したが、

「何言ってんだい。ちゃんとなめてるじゃん、美味しいだろ」

たまはカーナの手の平に載ったサワークリームを、恐る恐る用心深くちょっとずつ、それでもなめている。その様子を見て美千子は目を丸くして我が目を疑った。

ビールを少々飲んだカーナはご機嫌で顔色も良く、饒舌《じょうぜつ》になっている。美千子の作ったロシア料理に満足したからではなく、たまのサービスが良いせいかもしれない。

「さっき言ったこと、ありゃ嘘《うそ》だよ。ミーは真面目だから本当だと思ったろうけれど、私には娘なんかいやしないんだよ。いるわけなんかありゃしないよ」

突然カーナがそんなことを言い出したので、美千子の頭はまた混乱してきた。しかし悠然と食後のタバコに火をつけたカーナは、いつものポーズで顎を上げて壁の一角に目をやり、美味しそうに煙を吐いている。そして穏やかな口調で喋り続けた。

ありもしないばかばかしいことを言ってしまった、私は高ぶったら何を言っているのか、自分でも分からなくなってしまうんだよと、自分の頭を拳でぽんぽんと叩いて、わたしバカよね～と古い歌の一節を歌って美千子を振り向き笑って見せた。

電話の声を聞いただけで、カーナの様子が目に浮かんだ。いつもかけてくるたわいない長電話の時の調子と違って、今日はうわずっていて、命令的な早口になっている。

「ミー、急いで来て」

美千子は息をきらして坂を上がっていった。カーナの家が見える曲がり角で立ち止まり一息ついた。裏山から降りてくる緑の風が、汗の流れる首筋に心地よかった。いつもなら、あぁしんど！　とカーナの家に一気に転がり込むのだが、今日はそんな感じでは入っていきにくい。息を整えて、何があったのか、事の重大さを何となく予感しながら恐る恐るチャイムを押した。

「ミーかい、開けてあるよ」

電話のときよりもやや落ち着いた声に聞こえた。少しほっとしてドアのノブに手をかけようとしたら、いきなり荒々しく中から戸が開いた。外の明るさに慣れた目には家の中は暗く、そこに仁王立ちになったカーナがいたのでぎょっとして、美千子の足はすくんでしまった。

想像していた以上にカーナの様子は険悪だった。ピンク色が消えた蒼白《そうはく》な顔に、血管が浮いて脈打っているのが分かった。目はつり上がってしまい、頬が落ちて顎がさらにとんがったような、不気味な狐面《きつねづら》をしていた。美千子は、もしかして後ろに尻尾がついているのではと恐ろしかった。

入って、と素っ気なく促されて美千子はおずおずと靴を脱いで入った。丸テーブルの周りは新聞やクッションなどが散乱している。いつもの小綺麗《こぎれい》に整理されたカーナの部屋とは思えないくらいに、荒れ散らかっていた。

美千子は黙って、床に叩きつけられてそこいらに散らばった新聞を、一枚一枚拾い上げ、丁寧にたたんでテーブルに置き、ゆがんだクッションを椅子に戻した。

カーナは突っ立ったまま柱に凭《もた》れ、放心したように血走った目をして、美千子が片付けるのを見るともなく眺めている。美千子は自分が来る前にあったであろうもめごとが何であったかはまだ知るすべもない。ただ、その場に出くわさず、自分が来る前にすべてが済んでしまっていることを良かったと思わずにはいられなかった。何があったのか聞いてみようかとカーナを見たが、まだ立ち尽くしたまま、窓の遠くを恐い顔で見据えている。

息が詰まりそうな時間がしばらく続いた。美千子も突っ立ったまま海の方に目をやった。こんな時、ここでは海を見ているしか他に方法がない。ちょうど定期船が港へ入ってくるのが見えた。以前はメリケン波止場には外国船がもっと多く停泊していて、世界一周の豪華客船も姿を見せたものだった。初めてここへ来た時にはもっと見晴らしが良かったように思う。だんだん住宅が増えて高い建物も建ったので、海も狭くなったようだと、この場の状況とは関係のないことを美千子はぼんやりと考えていた。

「ミー、コーヒーでも淹れようか。インスタントだけれど」

結局カーナが先に口火をきって、キッチンへ入っていった。美千子は丸テーブルに、キッチンを背に海に向かってへたり込むように座った。体中の力がいちどきに抜け出していった。カーナは二つの大きなカップにたっぷりとコーヒーを淹れ、チョコレートを皿に並べて持ってくると、美千子の前に座った。それがいつもの二人の席だった。

「ミーの好きなやつばかりを、お店から持って帰ってきたんだよ」

チョコレートが美千子の前に置かれて、コーヒーの香りに勝ったチョコレートがほのかな甘い芳香を発している。

「うわぁ。嬉しい」

そうは言ったものの、大好きなチョコレートにさえ手を出す気にはなれない。

やっとコーヒーを少し口に含んだ。ほろ苦い液体が喉を通って胃へ落ちていくのが分かった。カーナはコーヒーカップに両手を巻きつけ、寒さに手を温めているようにしてコーヒーをすすっている。美千子が半分も飲まないあいだにカーナのカップは空になったので、そそくさとキッチンへ行き、またいっぱいにしてカップを抱いて美千子の前に座った。

「コーヒーを飲んだらちょっと落ち着いた。ミーごめんよ、呼び出しておいて」

美千子は下を向いたまま首を横に振った。

「さっき、ミーが来る前に女の人が来て、私のことをお母さんっていきなり呼んだんだよ」

「へぇ……」

美千子は喉に声が詰まってかすれた。さっきのこの部屋の乱れの理由がやっと少しだけ判《わか》ってきた。コーヒーにばかり目を落としてカーナを見なかったが、顔を上げてみた。カーナはもう狐面ではなく、無表情な能面のような顔をしていた。

能面は一旦能楽師が被《かぶ》ると、魂を得て活き活きとし、同じ面が笑みの表情や憤怒の表情に変わるという。今はカーナの面が憤怒に変わることを恐れた。

「私には子供を産んだ覚えはありません。何かの間違いでしょう。娘なんて私にはいません、と言ったんだけど、その人はお母さんだ、絶対にそうに決まってるって聞かないんだよ」

「ふーん」

その人は本当の娘さんだったの？　と美千子は聞きたかった。しかし、二人の間にはまたどうしようもない沈黙の時間が流れた。カーナは振り返り、海の向こうに何かがあるかのように見つめている。海はいつしか紅《あか》く焼けてきて日の暮れを示していた。

「すったもんだしたあげく、どうにもらちがあかなくて、私はその娘に言ったんだよ。私には娘なんかいやしないよ。いないったら、いないんだよ。帰っておくれよ。帰らなかったら警察を呼ぶよ。早く出て行け！　って、終《しま》いには怒鳴りつけたよ。そうしたらやっと出て行ったよ。ミー、そこいらでその人と会わなかったかい」

入れ違いだったのか。良かった。危うく鉢合わせするところだった、と思うとぞっとして息をのんだ。

「カーナみたいにぽんぽん言ったら、誰だってびっくりするもん。その人もきっと驚いたやろね」

美千子の言葉にカーナは少し元気づいて笑みを見せた。

「二度と来るなよ！　また来やがったら承知しないからな！　って追ん出してやったよ」

へっへっへと笑いとばし、いつもの威勢のいい調子に戻ってきたようだったが、カーナはすぐに海の方に顔をそむけた。その目から今にも涙がこぼれそうになっていた。

　裏山から降りてくる風が冷たくしみる。美千子は身をこごめてブランコに腰を掛けた。今にも雪が舞い降りてきそうな寒さだった。ゆっくりと揺らしながら、カーナがチョコレート店の仕事を終わってくるのを待っていた。

　白いブランコの歌がここにいると自然に口をついて出てくる。しかしおおよそ白いブランコとは程遠い古びたブランコである。何気なく口ずさみながら公園の入り口に続いている小路《こみち》の方を見ていた。

　しかし今日の寒さは半端じゃない。カーナが早く来てくれればいいのにと思った時、細い急坂を、髪に花柄のスカーフを巻きつけ、黒いコートのベルトをきつく締め、襟を立てたカーナが勢いよく上がって来るのが見えた。風に舞う枯れ葉を力強く踏みしめて、大股で歩いて近づいてくる。

「ミー、ごめん、ごめん。クリスマス前なので店が夕暮れになってから立て込んでしまって、帰りそびれてしまったよ」

「カーナは元気やねぇ、寒くないの？　寒いんよ今日は」

「私は暑い方が苦手だよ。汗ばっかり出て。けど寒いのは平気、寒いとかえって嬉しくなるんだよ。だから私は北海道が大好きなんだよ。あそこには大陸の気候と匂いがあるんだよ」

そう言うと、以前カーナを見かけなくなったと思ったら、突然北海道に行ってきたと言っていたことがあったのを思い出した。

カーナはヒールの低いだぼっとしたブーツを履いた足を、ハの字形に前に投げ出すようにして座った。そして持っていた赤い小さな紙袋を美千子に手渡した。

「今日も、ミーの好きなのばかり入れてきたよ」

「ありがとう。一つ食べちゃう」

袋に手を入れてつまみ、まずカーナの口へ入れてから美千子もぽいと自分の口へ入れた。チョコレートの香りと一緒に、中から甘酸っぱいフランボアーズがとろけ出して、鼻にまで広がった。

「ミー、この間はお騒がせしてごめんなさい」

いつになく改まった口調で、カーナは深々と頭を下げた。チョコレートのあまりの美味しさに、震えるほど寒かったのも忘れて美千子は言った。

「何言ってんの、カーナがそんなこと言ったらこっちがびっくりするやんか。どういたしまして、って言わんならんわ」

美千子は思わず咳き込みながら胸を叩いて笑った。しかし、今日のカーナは一緒になって笑ってくれない。まだ慇懃《いんぎん》な態度を崩すことなく、手を胸の前に組んで美千子の方へ体を向ける。

「ミー、お願いがあるの。絶対誰にも言わないと誓って、二人だけの秘密だから。ミーだけは信頼しているから言うの」

ゆっくりと話すカーナの目は、まっすぐ美千子に向けられている。美千子も受け止めるようにカーナの目を見た。いつもはどれが本当で、どこからが嘘なのか判断に苦しんでいたけれど、今は違う。それは偽りのない哀願の目だった。

「この手紙、読んでいただけますか。私は漢字を読むことはできるけれど、このみみずのような字は難しくてよく分かりません。読んで聞かせてください。だけど、本当に人には言わないでください。お願いします」

カーナはいつになく正しい敬語を使って言った。その、ただならぬ様子に不安と緊張が体中に走って、カーナの差し出した手紙を開いてよいものか迷った。再度、お願いしますと丁寧に頭を下げられて、美千子は恐る恐る外国便の封筒を受け取った。封は勿論《もちろん》切られていて、何度も読んだのだろう、封筒と便箋にはいくつも皺《しわ》が入っていた。

もうすでに公園はとっぷりと闇の中に沈み込んでいて、ブランコは冷たい静けさに取り巻かれていた。美千子は公園の入り口の、比較的明るい街灯の下へ行ってブルーの便箋を広げた。

冒頭の、「お母様へ」と書かれた几帳面《きちょうめん》で綺麗な文字が美千子の目に飛び込んできた。それは、この間カーナの家で騒動を起こした人からの手紙だとすぐに分かった。

美千子は勇気を出して、小さな声で丁寧に読み始めた。カーナは横から美千子に被さるようにして覗《のぞ》き込み、聞き逃すまいと聞き耳を立てている。

そこにはこんなことが書かれていた。

突然驚かせたことへの詫《わ》びから始まって、カーナが母親ではないと言い張ったことが理解できた。それは育ての親へのカーナの思いやりであって、義理立てであることもよく分かった。邪険にされてびっくりしたが、あのようにされたことで、自分よりもカーナの方が何倍も辛《つら》かったのではと、今では思っている。

一度でいいから会いたいという思いも叶《かな》ったし、本当は優しい立派な人であることも確認できた。私は怨《うら》んでなんかいない。むしろ、強くて素晴らしい産みの親だと誇りに思っている。

そういう内容で、最後に、現在すでに自分は結婚をしていて、カナダで幸せな家庭を持っている。一時帰国した時にカーナの消息を聞き、矢も盾もたまらず急に訪ねてしまったのだと書かれていた。

美千子の声は震え、途中で何度も涙で文字が霞《かす》んで見えなくなって途切れた。そのたびにカーナは美千子の背中をさすってくれた。美千子は涙を袖口で拭いながら声をしぼって読み続け、遠くカナダより、という最後の文字を読んだときは声にならなかった。

カーナは、ご苦労さん、ありがとうと、美千子の背をいたわるようにさすりながら言った。その声はなぜかクールだった。美千子は涙でしめった便箋をたたんで、封筒に収めながら、汚してしまってごめんなさい、と言ってカーナに返した。

そして、二人はブランコのある所へ戻った。カーナはいきなりその上に立って膝を大きく曲げたかと思うと、何かに取り憑《つ》かれたように勢いよく漕《こ》ぎ出した。美千子はあっけにとられてその様子を見ていた。

「ミー、気持ちがいいよ。ミーも漕いでごらんよ」

カーナの黒い影が宙に舞っているかに見えた。

「よーし、行くよ」

美千子も負けずに大きく揺らした。闇の中で二つのブランコはきっこきっこと音を響かせ、金具を白く光らせた。

やがてカーナのブランコは次第に力を失っていき、だらんと垂れ下がって停止した。美千子もだんだん揺れを小さくしていったが、それでもしばらくは漕いでいた。するとカーナは座ってブーツを前に投げ出し、ブランコの吊り縄を両腕に抱え込んで地面を見すえた。美千子もブランコを止めて腰を下ろした。

そのとき、カーナがぼそっと低い声で言った。

「絆《きずな》って……」

「絆？」

美千子はその言葉が胸にぐさりと刺さった。カーナがまた繰り返した。

「絆……絆……」

とつぶやき、吐き出すように言った。

「残酷だよね……」

そのとき、突然静寂が破られた。カーナが大声で泣きわめきながら美千子に抱きついて来て、美千子の背中を拳で何度も叩いた。美千子もカーナの肩を強く抱いて、とめどなく流れる涙をカーナの髪に落とした。

◆

店の自動扉が開くと、もうチョコレートの甘い香りがいっぱいで、口の中に唾液が滲《し》みだしてくる。やや小太りの女主人は包装をしていて、後ろ向きのままで、入ってきた客に、いらっしゃいませと愛想のいい声をかけた。そして手を休めずにこちらを振り向いて、こぼれるような愛くるしい笑顔で美千子を見て軽く頭を下げた。

「あら、お久しぶり、ちょっと待ってね」

言いながら先客から代金を受け取って、女主人はレジからレシートをちぎっている。色々のチョコレートが並ぶショーケースの前に立って、美千子は女主人のしぐさを見ていた。

ルパシカを着て腕組みした男女の人形が飾られ、中腰でブーツを前に跳ね上げるようにして踊るコサックダンスの恰好をしている。多分カーナが持ってきたのだろう。この華やかでまろやかな雰囲気を持つ女主人と、カーナのどこかつっけんどんで冷たく見えるとんがった顔が、この店では絶妙の組み合わせだったのかもしれない。

「カーナさんの顔がこの店から消えてしまって、お客が淋しがっているのよ。あんなふうにぽんぽん言う人だったけど、あれで結構人気があったのよ」

女主人は言いながらチョコレートを袋に入れている。

「カーナさんはよく、美千子さんが好きなんだと言って持って帰っていたわ。だから、私は貴女《あなた》のお好みはみんな分かっているのよ」

入れてもらったチョコレートの赤い袋をさげて、美千子は店の外へ出た。イースターだというのにまだ風が冷たく、路行《みちゆ》く人もコートをはおっている。

美千子の足は自然と坂を上がっていき、カーナが住んでいた家の近くまで来てしまった。ミーのことは忘れないよと言って突然北海道に行ってしまったから、来たって仕方がないと思いながらも、家の方を何気なく見た。

その時だった。おや？　そんなはずはないと、美千子は思わず目をこらした。玄関の前に立って中を窺《うかが》うように呼び鈴を押している人がいる。とんがった鼻と顎、カーナ、いや、そんなはずはない。

美千子は夢中で坂を駆け下りた。何だか見てはいけないものを見てしまった気がした。一気に駆け下りたせいで、息が切れて苦しかった。ぜいぜいと肩で息をしながら下の道まで行ったところで、大きく息をして振り返ってみた。

なぜ、何かに追いかけられでもしたように、逃げ出してしまったのだろう、あれはカーナの幻影だったのか。美千子は不思議なものを見たような気がして、ブランコのある公園へ寄ってみようかと思ったが、そのまま北野を後にしてどんどん下りていった。

道に並んでいるブティックも、エスニック料理店のスパイスの匂いもいつもと変わらない。けれど、その先にある紳士服店のショーウインドーに、置物のようなすまし顔で座っているロシアンブルーの猫を見ても、今の美千子は足を止める気さえしなかった。

美千子の脳裏に浮かんでいるのは、なぜか一面銀世界の墓地に突っ伏しているカーナの姿だった。

いやや、そんなはずはないと美千子は頭《かぶり》を振った。しかし、今度は残雪を力強く踏みしめて、カチューシャにスカーフを被り、黒い外套《がいとう》の襟を立てて教会に向かうカーナの姿が重なってきたのだった。

陰影

白い布に覆われた棺《ひつぎ》は、霊柩車《れいきゅうしゃ》へ吸い込まれるように入った。

あの中に武藤が本当に入っているのだろうか？　白木の棺を載せた霊柩車のフロントグラスがきらりと光る。目を射抜かれたようで佳代は顔を伏せた。

その時、「じゃ、失敬するよ」武藤の聞きなれた声が耳元でした。

見送りの人たちの後ろに隠れながら、それでも佳代は伸び上がった。白い扉がゆっくり音もなく閉められ、会葬者たちが合掌している。佳代には黒い人影に囲まれた白木の車の人形劇を、立ち見席から見ているように感じられた。

普段着の上に黒のコートを引っ掛け、襟を立てて顔を隠した佳代は、泥棒猫のようにあたりを気遣って、その場を逃げるように離れ、駅とは反対方向へ坂道を上がって行った。

細く曲がりくねった小道《こみち》は、今の佳代のためにあるような、日の当たらない枯れ葉の道だ。こんな時に表に出られない自分が情けない。何のためにここまで来てしまったのだろう。来なければよかった。突然涙が溢れ出て足元がかすんで見えなくなった。

早足に歩いたので坂のきつさもあって息切れがする。左へ折れると小さな公園があった。もうここまで来れば誰にも見咎《みとが》められないだろう。小高い所まで上がってきたので風が冷たく、鼻水と涙を拭いてから公園のベンチに腰を下ろした。幸いにも人影はなく、植え込みの間に小さな陽だまりが出来ていた。

武藤と出会った日もこんな冷たい風が吹いていた。このコートには思い出が染み込んでいる。佳代は前を深くかき合わせ、背を丸めて抱え込むようにうずくまった。

さっき聞こえた「じゃ。失敬するよ」という武藤の声と笑顔が、佳代の頭の中で渦巻き続けていた。

◆

メタリックゴールドの分厚い扉の鍵穴へキーを差し込んで回すと、ギクッと鈍い音がした。佳代はちょっと後ろめたさを感じたが、勢いをつけてキーを引き抜き、ハンドバッグへ入れ、振り向かずに店を後にした。

まだ午後十一時前だ。佳代の仕事にとってはまだ宵の口である。早仕舞いしてしまった後悔がないとは言えないが、それよりも外の空気が吸いたかった。振り切るようにヒールの踵《かかと》を鳴らして歩きはじめた。

でも、帰るには早すぎる。このまま帰っても、いらいらした今の気分は収まりそうにない。暖かすぎる部屋から出たせいか、外の寒さはいつもと変わらないはずなのに、手足の先から血の気が引いていくような冷たさに手をこすり合わせ、息を吹きかけた。さほどお腹がすいているわけではないが、道のはずれにある深夜営業の蕎麦《そば》屋でお蕎麦でも食べて行こうと思いついた。

一杯機嫌で蕎麦でも食って帰ろかという人で、小さな店は満席だった。帰りかけた佳代に店の女の子が、「狭いけどあそこでもいい？」と、隅の二人席の一つを目で示した。そこにはスーツを着た男性が雑誌を開いて、後ろ向きに一人で座っている。肩幅が広くがっちりした体格なので、席は余計に狭く感じられた。佳代はカウンター席とテーブルが三つしかない客席の後ろを、体を斜めにしてすり抜け、奥まで入った。

「ここ、お邪魔していいですか」

言いながら返事を待たずに佳代は席に着いた。男は雑誌から目も上げず素っ気なく「どうぞ」と言った。

熱い湯呑み茶碗《ぢゃわん》を両手で包み込むと、冷えた手がほんのり温かくなった。佳代は一息ついて湯呑みに唇をつけた。

佳代の前に蕎麦が来た時には、向かいの席では男が黙々と天麩羅《てんぷら》蕎麦を平らげ、蕎麦つゆを飲み干し、満足げにお茶を口に含んでいた。豪快に口へ運ばれ、あっという間に食べ尽くされてゆくのを、佳代は箸を取るのさえ忘れて眺めていた。無遠慮に見すぎたと下を向いたが遅かった。

「どうかしましたか。何か失礼なことをしたのかな」

彼は見られているのに気付いて言った。

「いいえ、何も……。こちらこそ失礼いたしました」

佳代は頭を軽く下げながらも、思わず笑い出した。

「あまりにも召し上がりっぷりが良いので、つい見とれてしまって。ごめんなさい」

「忙しかったんで腹が減ってたんよ。がっついてたから笑われてしまったわけか」

男は手を首の後ろにあてがってぽんぽんと叩き、女の子を呼んで、

「ビール、それとグラスを二つ」と二本指を立てた。

佳代が戸惑っていると、

「貴女も飲みませんか」

男はビールを注いだグラスを佳代の前に一つ突き出し、自分は一気に空にした。

蕎麦屋を出る時には、まるで初めからの連れだったように、佳代は彼の後ろについて出た。男の気取らないところが警戒心をなくさせてしまったのかもしれない。

かまわず大股に歩く男の後ろを追いながら、なんでこんな人について歩いているのだろうと思った。

「君、どうして今頃一人で蕎麦なんか食ってたの」

彼はひどくぶしつけな言い方をした。

「そうよね。こんな時間にうろついてたら、おかしく思われても仕方ないわ」

佳代はプライドを傷つけられた気がした。

「実は嫌なことがあって、お店に鍵を掛けて出てきてしまったの」

「ということは、ひょっとしてママさん？」

「その、ひょっとしてなの。見えない？　まだ店を持って三カ月しかならないのに、店をほっぽらかして外を歩きたくなるような、頼りないママなの。借金もあるし、精出して働かなくっちゃならないのに」

鍵を閉めたときの鈍い触覚が指先に残っていて、罪悪感のようなものがまだ拭いきれずにいた。自分の店をオープンできた日は、同じキーが軽快に扉を開いてくれたと思えたのに。まだ今からでも遅くはない、引き返してもう一度店を開けようかと心に迷いが生じてきた。

「よし。そんなら君の歩きに今夜は付き合ってやろう。さあ」

突然、男は言って、腕を組むよう佳代を促した。戸惑ったがそっと手を差し込むと、思いなしか男は腕を締めつけてきた。

濃紺の英国風スーツにストライプのネクタイをきっちりと締め、その上にざっくりしたトレンチコートを着こなしている。佳代は水商売で培ってきたプロの勘を働かせた。

「名前をまだ聞いてなかったな。何て名前?」

「ごめんなさい。お店は『かよ』っていうスナックよ。だから、私の名前も佳代。呼び名は『かー坊』なの」

佳代はバッグを開けて店の名刺を差し出した。男はそれを受け取ったが全く見ずに、ポケットに突っ込んでしまった。

「あっ、そう。かー坊か。僕は武藤」

「えっ？　武藤さん……。どちらの武藤さんなのかしら……」

「そんなこと、どうでもいいじゃないか」

武藤は無頓着に言葉を続けた。

「それよりかー坊、気晴らしに歩くなら新地を出ようよ」

佳代はむしゃくしゃしたまま帰るよりも、今夜は店のことも忘れて、この人について行こうと思いかけていた。

「遠いけど、南まで歩くぞ。大丈夫か、ハイヒールで」

「平気よ」

佳代は言いきった。

それから無言のままどれほど歩いたろう。普通、男が女を連れて腕を組んで歩く時は、それなりの会話があるはずなのに。

武藤はまっすぐ前を向き、ひたすら歩を進めるだけだった。談笑していればしんどくても救いになるのに、佳代の足はそろそろ限界に来ていた。膝が何度もがくっと折れそうになる。いつの間にかほとんど武藤にぶら下がっている状態だった。

新地のネオンはとっくに遠くなった。中ノ島の湿った川風も一瞬にして過ぎ、御堂筋には乾いたビル風が吹いていた。その風に葉をさらわれて裸になっている銀杏《いちょう》並木は、自分のように情けない有様だ。

この日も午後三時頃に佳代はいつも通り店を開け、バーテンダーのケンが来るのを待っていた。ところが、四時を過ぎてもケンは来なかった。腕時計を見ながら佳代は掃除機のスイッチを押した。

掃除が終わるまでにはきっと扉を勢いよく開けてケンが、遅くなって済みませんと言って入ってくるだろう。遅いぞと怒鳴ってやろうと入り口を見ながら構えていた。だがスイッチを切ってもまだケンは来ない。佳代は音が止まると掃除機を倉庫に放り込み、乱暴に音を立てて戸を閉めた。

カウンターへ入ってBGMをやや大きめに流し、グラスを並べ始めた頃には佳代の脈拍は激しくなっていた。その時電話が鳴り、ぎくりとしてグラスを落としそうになった。グラスが触れ合って不愉快な音を立てている。結局ケンは風邪らしく、熱があるので休ませてほしいと言ってきた。

客が入ってくる頃、バイトの女の子は来たが、ユミは連絡さえしてこない。佳代はそれでも愛想を作り、そつなく客を満足させるこつは心得ていた。とは言え、最後のお客を送り出し、バイトの女の子を帰すと、いつもは慣れているはずの酒の香りとたばこの煙に今日はむっとした。換気扇をフル回転させたが治まらず、入り口の戸を開けて外の空気を吸ってみた。冷たい空気が鼻腔《びこう》をくすぐり、大きなくしゃみが出た。

これからまた遅がけの一勝負が始まる。一人ではとてもやりきれないと思ったところで、体中の血が全部頭に集まり、眩暈《めまい》がした。

それが十一時前だった。そうして店の片付けもそこそこに鍵を掛け、出て来てしまったのだった。

だが、こうして歩いているうちに、重くなるほど頭に集まっていた血は、佳代の体内を満遍なく穏やかに流れ出していた。

しかし、我慢していた足先の痛みが次第に痺《しび》れに変わってきた。

「もう、かんにんして」

がっくりと膝を折って、たまらず佳代は悲鳴をあげた。

「よし。では止まろう」

足を止めると武藤は、佳代を抱き上げるようにして立たせた。それから手をゆっくり離した。

「見てごらん、もうそこがミナミのはずれだよ。本当は難波まで歩くつもりだったのに。でもまあ良しとしようか。ここまで、一時間以上もかかっているもんな」

武藤は腕時計に目をやり、そう言った。

さすがにこの時間ともなると、オフィス街は恐いほどに真っ暗だった。黒いアスファルトがまるで、坂のようにせり上がって襲って来る錯覚にとらわれた。昼間の喧騒《けんそう》が嘘のように静まり返っているビルの谷間で、交差点の向こうにネオンが見え隠れしている。佳代はなぜか懐かしげに目を細めた。

「じゃあ、ここで失敬しようかな」

武藤が言ったので佳代は思わず顔を見た。

「ちょっと待ってよ。どこかで何か飲ませて、喉がからから。それに、足が痛くてもう歩けない」

恨みがましく腕を掴《つか》んで片足を上げ、佳代は足首を回した。

止まったらとたんに汗が出てスカーフが邪魔になったので、コートの下から引き抜き、襟首を広げて風を入れた。

「そうか。それではお茶でもしようか」

近くにあった店の椅子へ佳代はへたり込み、靴を脱いで裸足になった。足の裏がじんじんしている。ピータイルが火照《ほて》った足の裏に気持ちいい。武藤はコートを脱ぎネクタイをゆるめた。そして疲れきっている佳代のコートを笑いながら取ってくれた。


「ビールにしようかな」

「駄目だよ。運動の後はレモンか牛乳だよ」

武藤はお酒ならぬミルクを飲んでいる。佳代の前にはレモンスカッシュが置かれていた。

「どうだい。かー坊のもやもやは晴れたかい。そういう時には運動が一番だよ。何も考えずに体を動かすことだよ」

「こんなに歩いたの初めてよ。足がちぎれるかと思ったわ」

言いながらストローで氷をぐるぐる廻《まわ》した。コップの底から小さな泡が限りなく上がってくる。佳代は酸っぱいものが苦手だった。ストローをくわえると目をつむってそっと吸ってみた。レモンの柔らかな酸味が口の中に広がった。

「武藤さんて、伊豆蔵《いずくら》人形（御所人形）みたい」

佳代は氷しか残っていないストローを、未練がましく吸いながら言った。

「伊豆蔵人形か。君は古風な言い方をするね」

武藤は童顔をほころばせた。目を閉じるとこのままここで寝てしまいそうな、とろりとした疲れが佳代の体を包んでいた。

「へえー、まじで。ママがミナミまで歩いたんすか。信じらんない」

ケンの拭いているグラスが、ライトに透かすたびに光を放つ。佳代は鼻歌まじりに掃除機をかけていた。次の日、ケンは体がまだ本調子ではないらしく、腫れぼったい目をして出勤してきたのだ。

「道理で、珍しく散らかったままだと思った」

ケンに言われて佳代は昨日の出来事を話してしまった。誰にも話すまいと思っていたのに、なぜ喋ってしまったんだろう。だが絶対に武藤の名前だけは秘密にしておこうと思った。

「ハイヒールで歩いたでしょう、足が今も痛いのよ」

そう言いながらウォーキングシューズを脱いで、店用のハイヒールに履き替えた。足に出来た靴ずれによる水膨れが、今朝になって潰れた。

あの後、歩けない佳代をタクシーで送ってくれた武藤は、「じゃ、失敬するよ」と言って帰っていった。武藤のことは何ひとつ知らないままだった。聞けば「そんなことどうでもいいじゃないか」と言われそうな気がした。多分、店の名刺もゴミ箱へぽいと捨てられているだろう。

宵の口の一勝負を終えると、佳代は時間が許すとケンに店番を頼み、僅かな時間外出した。

コートを引っ掛けて出ようとするとユミが、

「ママ、そのコートお気に入りですね、でも次に着てきはる春コート、どんなのか楽しみだわ」

佳代はあれからコートを替えていない。ユミは佳代がコートを沢山持っているのを、羨んでいたのだった。

蕎麦屋の前まで来ると、待ち合わせているかのように立ち止まって、行き交う人を見た。そして戸に手をかけるとなぜか胸が高鳴るのだった。だが、今日も佳代は一人で奥の狭い席に座った。そして入り口が開くたびにその方を見た。

蕎麦が来てもお預けをくった犬のように、そのままで置いていた。まだ店では次の一勝負が待っているし、ケンに「早く帰ってくれないと困りますよ」と言われてしまう。佳代は「残してごめんね」と店の人に小声で謝って、そそくさと立ち上がった。

明日はもう思い切って薄コートに替えよう、と思いながら小走りに店へ急いだ。


早い時間から三つあるテーブル席は満席となった。

佳代は奥の席から順に、席へ座ってお酒の相手をしてまわる。そして一番大切なお客のテーブルへ再度座って、話し相手をしながら退屈している客がいないかを、気配りすることを忘れなかった。

今日は受けたお酒の数が多くて、いささか過ぎてしまい、珍しく意識が飛びそうになってきた。

カウンターへ行って水を飲んで、少し醒《さ》まそうと思って立ち上がった。ふと見ると、カウンターでケンと親しげに喋っている客がいる。ベージュの薄手のジャンバーの肩幅が並外れて広いと、佳代の目には映った。

その時、ケンが手招きして佳代を呼んだ。おぼつかない足取りで、カウンターの方へ寄っていった。

「あぁ、ご紹介します。うちのママです。こちら武藤さんです。いつも僕が行ってるスポーツクラブでご一緒なんです」

ケンに言われて、その男は面倒くさそうに体を捻《ひね》って振り向いた。

「おっ。かー坊じゃないか。この店のママだったのか」

「えっ。ママのことご存じだったんですか。知らんかったなぁ」

ケンは目を丸くして二人を交互に見た。

ジャンバー姿の武藤を前にして、佳代はぼーっとしていた。頬に自分で平手打ちをしてみた。

「そうかぁ、ママ、ミナミまで歩いたって言ってましたよね。その相手は武藤さん。正解でしょう？　武藤さんなら分かりますね」

ケンは一人納得している。

佳代は霧の中に居るように、武藤の姿が薄れたりはっきり見えたりした。

「かー坊。突っ立ってないで座ったら」

笑いながら武藤はカウンターの椅子をずらしてくれた。

その時、紛れもなくこの笑顔だったと、佳代の胸はきゅんとなった。それなのに後ろの席からママと呼ぶ声がした。佳代は心を残しながらもカウンターから離れた。

客たちを送り出すと、いつもの数倍もの疲れが佳代を襲った。

帰りかける武藤を送り出しに行った佳代に、「じゃ、失敬するよ」とこの間と同じことを言った。佳代は目をうるませて俯《うつむ》いてしまった。振り返った武藤は笑いながら、

「そんな悲しそうな顔するなよ。また来るから」

佳代はその一言が耳に残った。

「ケン、氷を沢山入れて、思いっきり冷たいレモンスカッシュを作って」

突っ伏すようにカウンターに凭《もた》れかかってケンに言った。

「ママ、酸っぱいの嫌だって言ってたくせに。あぁ、そんな所で寝てしまったら駄目ですよ」

ケンは上目遣いに佳代を見て、レモンを絞っている。

あの時飲んだ爽やかな感覚が舌に蘇《よみがえ》ってきた。

キーを差し込み店の扉を開けると、薄暗い空間に、アルコールやタバコの淀《よど》みが一気に吐き出されてむっとした。佳代は顔をしかめながらライトを点《つ》けた。

クーラーのスイッチを入れ、戸を開け放して掃除機をかけ始めた。次第に冷えてきた室内の空気が肌にひんやりしているのに、佳代はまだ暑いと思った。

昨夜の出来事が尾を引いていた佳代は今日、家を出ると駅を通り越し、知らず知らずのうちに歩き出していた。

日ざしはかなりきつい。でも車の排気ガスを避けて中道を通って来たので、空気も爽やかだった。目に映る風景も夜とは違ってまた新鮮だっただけに、店の空気がやけに濁っているように思う。

「どうしたんすか。扉を開けっ放しで、クーラーの冷気が逃げちゃうじゃないですか」

ケンが入って来て扉を閉めた。買ってきた酒の肴《さかな》をカウンターに置いて、腕まくりをして冷蔵庫を忙しく開け閉めして準備をしていたが、ケンは手を休めて佳代に向かって話し出した。

「ほら、昨日来てくださった武藤さん。『スーパータケ』の専務だそうですよ。本人は何も言われないんで、僕も知らなかったのですが、仲間から聞いたんです。あの方は次男坊で、お兄さんの方が社長だそうです。でも実力者でなかなか切れる方だそうですよ。だから会社の実権は専務が握っているって言ってました」

　ケンは聞いてきたことを、いかにも得意げに喋っている。

　佳代は黙って聞いていた。そうだったのか。ぼんぼんだと思ったのは間違いではなかったのだ。

「何でも、大学時代はアメフトをしておられたって。とても気さくないい方で、ついお店の名刺をお渡しして、お寄りくださいと誘ったんですよ。そしたら早速来てくださって」

　ケンは口もよく動くが仕事も手早い。グラスの準備を済ませ、カウンターの外へ出てテーブルを拭いている。

「あの方には二人男の子がおられて、もう中学生らしいですよ。奥様は何でも京都の旧家のお嬢様らしくて、すごく綺麗な人ですって」

　そこまで聞いて佳代は、突然掃除機のスイッチを再び押した。ブーンという音だけが耳に響き、ケンの一方的なお喋りはかき消された。

　それからの佳代は不必要なくらい隅々まで掃除機をかけた。長い掃除を終えると、耳の中の喧騒がようやく静まった。

「ケン。私今日歩いてここまで来たのよ。簡単に歩けたわ。案外近いのよ、家からここまで」

もう歩いたことによる暑さは取れてしまい、さっきから体の芯まで冷えているように感じていた。

「何だか知らないけど、靴もべた靴を履いて来るし。ママは歩きが好きになったのかな。まあ健康的でいいけど」

突然言い出した佳代の意図通り、ケンの話題は変わった。

その後、武藤は約束通り来てくれたが、二、三人のお客を連れて店へ入ってきた。しかし一人で来ることはなく、お客たちと一緒に帰ってしまう。

「かー坊、じゃ失敬するよ」

と肩に手をかけられると、送り出しながら、佳代の顔は泣き笑いのようにゆがんだ。

その日は夕暮れから急に気温が下がり蒸し暑さが取れ、爽やかな秋風が吹き出した。こんな日は歩いて出勤したかったが、集金に寄らなければならない。

少し早めに家を出て花屋へ立ち寄り、バラの花束を買った。それを持って行き集金を済ませ、梅田へ着いた時にはもう薄暗がりになっていた。

急いでいるのに信号が赤になって足止めを食った。佳代は赤信号を睨《にら》みつけながら、後ろ手にバッグを振り回していた。その時、バッグをいきなり掴まれてはっとして握り直した。

「子供みたいにバッグを振り回してるのは誰だ」

笑いながら武藤が引っ張っていた。

「あぁびっくりした。ひったくりかと思ったじゃないの」

大事そうにバッグを両手で抱いて後ずさりした。

「今日店が終わったら蕎麦を食べに行かないか。かー坊の都合さえ良ければ」

「嬉しい」

「じゃ、後で店へ誘いに寄るから。失敬するよ」

武藤は振り向きもしないで人混みに紛れて行った。目の前の信号は青が点滅して赤になろうとしていた。慌てて走って渡り、もう一度振り向いたが武藤の影はなかった。

武藤が店へ一人で来たのは最後の客を残していた頃だった。

どっかと腰を据えた三人の客が、ご機嫌でゴルフの自慢話をしている。

「ママ、まぁ聞いてくれよ。こいつ18番でピンそば五十センチぐらいまで寄せやがって、俺の負けよ。それで今夜は俺のおごりや」

佳代にはアプローチがピンに寄ろうが寄るまいが、関係ないと思っていた。

グラスにスコッチを入れると琥珀色《こはくいろ》に染まった。水をそそぎマドラーでひとまわしすると、佳代は型通りに客に酒をすすめた。

「ごゆっくりなさってね」

「ママ、何だか今日はそわそわしてるね」

「えっ、そんなことないわ。いつも通りよ」

振り向くまいと思っても、カウンターへ視線が行ってしまう。

後ろ向きの武藤は、空になったロックグラスの氷をゆっくり廻している。すでに小さくなった氷が光り、佳代の心を突き刺した。

「ありがとうございました。皆さんのゴルフのお話、とっても楽しかったですわ。また聞かせてくださいね」

送り出すと時間が気になった。

佳代はハイヒールを脱ぎ、柔らかい靴に履き替えた。緊張していた足がほぐれて膨らんでいくようだった。

「ケンさんも蕎麦屋へ付き合わない？」

結局ケンとユミも一緒に来た。

今日は狭い奥のテーブルでなく、入り口に近い大きなテーブルを囲んだ。

「天麩羅蕎麦が美味《うま》いんだから、みんなそうしたら」

武藤のお薦めがみんなの前に並べられた。

「そうか、かー坊は家から歩いて来ているんか」

佳代はスカートを少し引き上げて、ウォーキングシューズを見せた。

「今日は涼しくなって歩き日和だと思ったのに、集金に来いって言われて。残念だったわ」

佳代は指を鳴らした。

「ママ、近頃、すっかり歩きに取り憑かれてるんですよ」

ケンが言ったので、

「それじゃ、腹ごなしに今からちょっと歩くか。皆さんもどうですか」

武藤がみんなを見回した。

「わー、それはご遠慮します」

ユミもケンも手を振って退散してしまった。

「みんなに逃げられてしまったな。この間よりは靴が歩きやすいから、かー坊の家までぶらぶら歩いて送って行こうか」

武藤はこの間のように腕は貸してくれずに、さっさと足早に歩き出した。佳代はうしろを追う形で武藤の背広の裾を掴んだ。

梅田を離れると車の数がぐっと少なくなり、目を刺す灯《あか》りも次第に落ち、薄暗闇が包んで来るようだった。気温も昼間より下がり肌寒さを感じた。いつしか気丈な佳代は掴んでいた手を離し、武藤と肩を並べて力強く歩いていた。

「かー坊、随分歩き方が上手くなったね」

「鍛えたもん。武藤さんについて行けるようになりたいから」

得意げに横を見上げると、

「良かった。今日は楽だよ。この間はかー坊をぶら下げて歩いたからな。結構、重かったよ」

笑いながら武藤は腕をぐるぐる廻した。

「あれは靴のせいよ、本当は強い女なの」

「そうかなー。すぐに泣きべそをかくくせに」

佳代は覗き込まれてそう言われると、またしても顔がゆがんだ。

「それごらん、まただろう。それにしても寒くないかい」

「大丈夫」

大きく頭《かぶり》を振り小声でつぶやいた。武藤が号令をかけるように言った。

「さあ、もう少しだ。頑張ろう」


この信号を渡って二筋入ったら、佳代のマンションが見える。その時、顔にぽつりと水滴がかかった気がした。

「あら、雨かしら」

手をかざした。武藤も空を仰いだ。

「いかん。急ごう、ざーっと来るぞ」

すでにぽつぽつと雨粒が落ちだしてきた。早足で信号を渡り、もう一筋で佳代のマンシヨンが見える所で、かなりの勢いで降り出してきた。

「ダッシュするぞ」

武藤は佳代の腕を掴んで走り出した。やっとマンションの入り口にたどり着いた時には、髪から雫《しずく》が滴り落ちるほどに濡れていた。

「武藤さん、河童《かっぱ》みたい。私もかな」

佳代が言ったので、指をさし合って笑った。佳代はハンカチを出して、武藤の上着の水を払ったがどうにもならない。

「武藤さん、ちょっと乾かして行ってくださいよ。これでは風邪ひいてしまうわ」

佳代は武藤に拒否されるのを覚悟で言った。しかし、

「そうしようか」

思いがけない返事が返ってきた。

「散らかっていて恥ずかしいですけど」

小声で言って、首をすくめ舌をちょっと出した。

佳代はスリッパをそろえて、武藤をリビングへ迎え入れた。武藤は上着を脱ぎながら部屋を見回し、

「かー坊。いい住まいだね」

一人住まいにしては広すぎる部屋に、ゆったりと白いソファーが置かれていた。

佳代は武藤の湿った上着をハンガーに掛け、手拭いを出したが、

「武藤さん、髪がひどいわ。よろしければシャワーを浴びられたらいかがですか」

確かに髪がべっとりと濡れてしまっていた。

「そうさせてもらうか」

佳代は新しいバスタオルとフェイスタオルを風呂場に用意して、洗面台に付いていた自分の抜け毛を慌てて拾い上げ、そこらを拭き取った。

武藤を風呂場へ案内してから、佳代はキッチンで夜食に用意してあったコーンスープの入った鍋をガスにかけ、サラダを盛りつけた。それは一人分だったが、食器に自分の量を少なくして分けた。

テーブルに二つの食器が並ぶと思わず肩を揺らし、鼻歌が出そうになった。

シャワーのかすかな音はまだ続いている。佳代は壁の向こうへ聞き耳を立てた。

「さっぱりした。ありがとう。レディの前なのに、こんなままで失敬だけど」

と武藤は上半身裸に、バスタオルを引っ掛けて出てきた。

「いいんよ、女物を着てくださいなんてわけにいかないし。どうぞ気にしないでください」

言いながらも佳代はちょっと目をそらしたが、エプロンを目まで引き上げ顔を隠した。

「私の手作りよ。お口に合わないかもしれないけれど」

言いながら武藤に椅子をすすめた。そしてわざと「そうだ、おビール」と言ってキッチンへ走って入り、火照っている頬に手をあてがった。

冷蔵庫からビールを出し、グラスを二つ持って武藤の前に座ると、佳代の心は飛んでいた。

「こんな夜食まで用意しているの。ママはまめなところがあるんだね」

武藤は前かがみになって食卓を眺め廻している。

「嫌。そんな言い方。いつものようにかー坊って言ってくださいよ」

「ごめん、ごめん。それより、かー坊もシャワー浴びておいでよ。待ってるから」

「それじゃ、そうさせていただきます」

小声で答え、夕刊を武藤に手渡しテーブルを離れた。

浴室の戸は開け放されていて、まだ湯気が残っていた。洗面台の下に敷かれていたマットに湿った足跡がつき、鏡が曇っている。武藤が多分、濡れたままで出てきてここに立ったのだろう。佳代はその濡れた足の形の上へそっと乗った。そして鏡の曇りに指で「好き」と書き、後ろを振り返り急いで消した。

乱れた髪をシャワーでざっと洗い、夜の化粧もすっかり落とした。化粧っ気をなくし軽くローションで肌を押さえ、普段着のTシャツ姿になった。

テーブルのビールを冷蔵庫の冷たいのと交換し、二つのグラスに注いだ。しかし武藤はまだ新聞から目を離さないでいる。

「お待たせいたしました」

佳代の声にやっと顔を上げた武藤は、

「いやいや。それでは乾杯しようか」

グラスを取り、しげしげと佳代を見た。

「おっ、かー坊。素顔の方が若々しくていいね」

佳代は俯くしか恥じらいを表すすべを知らなかった。

武藤はグラスを豪快に飲み干すと、サラダとスープを平らげ、一言「美味い」と言った。

「雨は止んだのかな」

武藤はベランダの戸を開けに立った。ひんやりと湿った空気が一気に佳代にまで届いてきた。

「そんな格好のままで冷たい風に当たったら、それこそ風邪引きますよ」

佳代は姉さん気取りで立ち上がり、武藤の後ろへ立った。

ベランダはさっきの大降りのせいで水溜《みずたま》りが光り、その上に糠雨《ぬかあめ》が音もなく降り続いている。庇《ひさし》から落ちる雨だれが二人の前に、銀のしずくとなって光り落ちていた。

「まだ、少し降ってるな」

手を外にかざしてから戸を閉めた武藤の肩から、佳代の足元へバスタオルがはらりと滑り落ちた。

佳代の目の前には武藤の逞《たくま》しい背中があった。佳代は吸い寄せられるように、両手を武藤の腰に廻して頬をつけていた。自分でも聞き取れるほど高鳴っている胸の鼓動は、武藤の背中にじかに伝わっていく。

離されまいとしがみついても、佳代の手はゆっくり簡単に持ち上げられ、抗《あらが》いきれずに引き離された。しかし力尽きた佳代は手繰り寄せられ、胸にじんわりと抱きしめられた。武藤の胸板は硬く、腕は丸太のように太く、そして荒々しい香りが鼻の奥に届いた。

手の平に舞い落ちた雪のように、ひとたまりもなく佳代は淡雪となって解けていった。

佳代は短パン姿で腕まくりをして、浴槽を掃除しながら考えていた。あの人には家庭があると良い子ぶってみても、スポンジを持つ手が時々止まった。

部屋やベランダのガラスを磨き、カーテンも新しくした。テーブルには花を活け、ベッドのシーツも毎日洗濯して清潔にした。それればかりか、男物のパジャマとガウンも買ってきて、タンスの一番上にそっと入れた。

その日は一人で武藤が遅い時間に来て、カウンターでブランデーグラスをゆっくり回していた。いつもは大勢のお客と来て、一緒に帰ってしまうのだが珍しいことだった。

「おっ、ラストになってしまったな。久しぶりにみんなに蕎麦でも付き合ってもらおうかな」

「嬉しい、連れてって」

隣の席に座って、武藤の腕にユミが絡みついている。

ケンとユミを連れて、武藤は佳代に「待っているよ」と小声で囁《ささや》き、先に出て行った。

ハイヒールも夜のドレスも脱ぎ捨て、佳代はスラックスとスニーカーに履きかえた。

蕎麦屋ではもう三人が賑《にぎ》やかにやっていた。佳代の到着でちょっと座が静まったが、すぐにユミの甘ったれ声のお喋りで話が盛り上がった。

やがて腕時計を見た武藤が、

「今日はお先に失敬するよ。明日の朝が早いんで」

伝票を掴んで立ち上がった。佳代もつられるように腰を浮かしたが、武藤は手で制し、

「君たちは、ゆっくりして。じゃ、失敬するよ」

と笑顔を残して出て行ってしまった。

佳代は無口になった。

「ママ、歩くつもりだったんでしょう。だって、靴を履き替えて準備してるもん」

ケンは佳代の靴に目をやった。すかさずユミが意味ありげに、

「そうか、そういうことだったんだ」

大げさにうなずきながら佳代の足元を見た。

「ユミ、勘違いせんといてよ」

佳代は笑いながら努めて柔らかく言った。

しかしユミは真っ赤なマニキュアをした細い指に、大きなダイヤの指輪を煌《きら》めかせた手を胸の前で組み、格好の良い顎を突き出すように上げて佳代をちらっと見た。

「武藤さんて素適な方ですよねぇ、ママ。私だったら絶対に、奥さんからでも奪ってしまうわ。でもママとケンの大切なお客様だから、そんなことはできないけど」

首をすくめて口元に皮肉な笑みを浮かべた。

「分かるね。もし俺が女だったとしたら、ユミと同じこと言うだろうな」

うんうんとうなずきながら、ケンまでそんなことを言った。


夕暮れから急に冷え込んだらしく、外には木枯らしが吹きはじめていた。佳代は店を閉めながら、今日はタクシーに乗って早く帰ろうと思っていた。

いつもなら表通りで降りるタクシーを、今日はマンションの前まで乗りつけた。タクシーのドアが開くと、冷たく強い風が佳代の髪の毛を逆立てた。両襟を立てて頬を覆うようにして入り口へ走り込んだ佳代は、足を止め息をのんだ。エレベーターの前で、スーツのポケットに手を突っ込んで身をこごめた武藤が立っていたのだ。

誰もが薄着だったが、季節を飛び越したような寒さのせいで、さすがの武藤もいかにも寒そうに、いつもは血色の良い頬が今は蒼白く見える。エレベーターへ押し込むように乗り、武藤の背中をさすりながら佳代は涙声になった。

「いつから待ってくださってたの」

「さっき来たところだから、そんな顔して心配しなくても大丈夫だよ」

見上げた佳代の目から、耳の方に一筋の涙が溢れ出た。太い指で頬の涙を拭われると、間近にふっくらとした笑みがあった。胸がきゅんとつまった一瞬、エレベーターのドアが無情に開いた。

靴を脱ぐのももどかしく、部屋のストーブを点け浴槽に湯を入れる。そして買っておいたパジャマとガウンを、引き出しから出してきた。胸にしっかりと抱いて、何も言わずにそっと脱衣籠へ入れた。


カーテンを通して朝の光が佳代の目に届いた。そっと悟られないようにベッドから抜け出した佳代は、乱れた髪を梳《と》かし、薄くファンデーションをつけ、身じまいを整えた。

歯ブラシが歯ブラシ立てに、佳代のと並んで二本になっている。昨夜出しておいたのを使った武藤が立てておいたのだろう。知らずと頬が緩んだ顔が鏡に映っていた。

エプロンをかけてコーヒーを淹れ、トーストを焼いていると、コーヒーの香りに誘われたのか武藤の起きる気配がした。その音を聞きながら、佳代は憧れていた主婦の日常を感じた。

「早起きさせて悪かったね」

武藤はもうすっかり出勤の身支度を整えている。

「朝食の支度できていますから」

玄関へ行きかける武藤に追いすがるように言った。しかし、武藤はしきりと時計に目をやっている。朝は時間との勝負であることを佳代は改めて知った。

慌ただしく玄関口へ出る頃には、遅刻させてはならないとの思いに変わった。

「お時間大丈夫ですか」

言いながら靴ベラを渡し、そそくさと自分も突っかけを履いた。ドラマのように外までついて出て、手を振りながら主人を送り出す新妻のつもりになっていた。しかし靴を履いた武藤は、

「じゃ、失敬するよ」

と笑顔こそ変わらないが、いつもの口調になった。

「君は出てこない方がいい」

目の前でドアがドンと閉められた。

ベランダに並べているパンジーの花に、白い蝶《ちょう》が舞っている。こんな上階までも上がって来るのか。

「どこから来たの。君はタキシードを着ているの、それとも白いドレスなの」

佳代は蝶に話しかけた。ふと気が付くと、どこから来たのかもう一頭おずおずと遠慮がちに飛んできた。まるで花びらが離れて蝶に変わったようだった。

「貴方《あなた》たちは、恋人なの、それとも夫婦なの」

真っ青な空に二つの蝶は舞い上がり、また花のところまで下りてきた。離れては近づき、くるくると絡み合っては離れる。そしてお互いに惹《ひ》かれあうように近づき、空中に大きく小さく白い円を描く。その乱舞する様は至福の舞のようだった。

毎日蝶はどこからともなく飛んできて、しばらく乱舞して飛び去っていく。佳代はベランダの友人が来るのを心待ちするようになった。

今日も花に水をたっぷりかけてやり、蝶が来るのを待っていた。それなのに蝶を見ているうちに、心の隅を羨ましさがよぎった。

武藤が月に二回は佳代を訪ねて来るようになってから、もう三年になる。それなのに佳代は目で見た武藤の存在しか知らない。会社のことも、どのような日常を過ごしているのかも。無論、家族とのことなど知る由もない。佳代が知っているのは柔和な笑顔と、筋肉質の硬い肉体なのに、柔らかく佳代の総《すべ》てを包み込んでしまうことだけだった。

それに、このところ武藤の足が遠のいている。待つほどに、淋しさや恨みが心配へと変わっていく。

蝶の舞は、出勤しても佳代の頭に残った。羨ましく思ったのは、今まで感じたことがなかった武藤への不安のせいだったのかもしれない。

掃除機を片付けた時にケンが来た。いつもは口が達者なケンなのに、

「おはようございます」

と言ったきり、冷蔵庫の中を整理しながら佳代をちらっと振り返る。しばらく沈黙したままでグラスを並べていたが、ケンは黙っていられなくなったのだろう、カウンターから出てきて椅子に座り、佳代に背を向けたままで言った。

「ママ、このところ武藤さんがお見えにならないでしょう。スポーツクラブへも出てこら

れないんですよ」

佳代のテーブルを拭く手が止まった。頭の中の蝶が消えて、花になってしまった。

「それで、これは噂《うわさ》なんですが、どうやら奥様の具合が悪いらしいです。もともと病弱だったそうですが、この間入院なさったらしいです」

佳代は力が抜けていくようで、ソファーにへたり込んだ。

「これは本当の話なのか分からないのですが、武藤さんには女性がいるらしく、時々外泊なさるらしいですよ。それを息子たちは許せないらしく、言ったそうです。お母さんがこんな病気になったのはおやじのせいだって。でも、人は好き勝手な噂話をしますから……。私は信じられないんですよ、武藤さんに限ってそんなこと」

多分、佳代の顔は蒼白になっていただろう。全身の血が一瞬にして凍りついてしまった。俯いていたが動けなくなった。ただ、ケンがこっちを向かないようにと佳代は願った。

「ママには、この話はしないでおこうかと思ったんですけど。どう思います、武藤さんにそんな女がいるんでしょうか」

少なくともケンはその女が佳代だとは思っていないようだ。

頭の中に蝶はいた。花の中で羽を休めているのか、それとも息を潜めているのか、じっと動かずにいた。

それでも冷静を装いながら仕事は、無事終わった。でも今夜は何をしたか分からないうちに過ぎてしまった。懸命に喋ろうと努力したことだけは覚えている。が、いつのまにか蝶も舞い上がって飛び去ってしまった。

佳代は重い足取りで帰って来た。

見上げると部屋の明かりが暗く霞んで見える。エレベーターに乗り壁に凭れると、堪《こら》えていた涙が無遠慮に流れ落ちた。その涙で、濡れて帰って来た日の武藤の姿が浮かび、すすり上げたらドアが開いた。もう玄関の鍵穴も見えないほど涙が目に溜まり、キーを回す手も震えるほどだった。


翌日、ベランダへ出て花に水をかけながら、ケンが言ったことを思い返した。話を聞いたのが休みの前で良かったと思った。

昨夜はさすがに寝つかれず、枕を濡らして赤子のように泣きながら眠った。浅い眠りだったのだろう、頭が重くて冴《さ》えない。朝コーヒーを飲んだきりで食欲もなく、何をするでもない休日を過ごしてしまった。

西の低い空に、光を失いかけた真っ赤な太陽が沈もうとしている。佳代は手をかざして眺めていた。その時チャイムが鳴った。太陽を見ていた目には部屋が暗く、扉を開けたが目が慣れるのに時間がかかった。

「よぉ、ご無沙汰してしまったな」

紛れもない武藤の声だった。予期していなかったので声も出ず、目が慣れて来たはずなのに涙で見えなくなった。武藤はぼんやりしている佳代を追い越して、先にずかずかと部屋へ入っていった。

「おー、綺麗な夕焼けだね」

ベランダへ出た武藤は振り向いて笑顔を見せた。もう太陽は完全に沈み、浮いている雲を茜色《あかねいろ》に染め上げた。

立って見上げている武藤にも夕焼けが映っている。その武藤を部屋の中から佳代は見ていたが、顔半分が柔らかいピンクに輝いているのに、あと半分の影の部分が重たいグレーに見えた。この間《あいだ》美術館で見たピカソの「青の時代」の画《え》が重なってきて、頭《かぶり》を振って払い除《の》けようとした。

「かー坊、少し瘠《や》せたのかな」

武藤の腕の中で佳代は無抵抗だった。これでは真剣に悩んだのが何もならない。

横では武藤が軽い寝息を立てている。佳代はまだ気だるいまどろみの中をさ迷っていた。

ふと、ケンのくすんだ声が耳の底で聞こえたような気がした。布団を引き上げて、頭からすっぽりもぐって逃れようとした。しかし声はまるで悪魔のうめきのように、しつこく繰り返し響いて来る。佳代は耳を両手で覆った。

「かー坊、どうした」

もがいたために武藤の眠りを妨げてしまった。佳代は絞り出すように唐突に言った。

「武藤さん、これで終わりにしましょう。これ以上は辛くて」

言葉はそれまでだった。布団に顔を押しつけすすり泣きしていたが、ついには駄々っ子のように大声を上げて泣きわめきしゃくりあげた。武藤は黙って佳代の丸まった背中を撫でていたが、

「噂を聞いたのだろうが、君は何も心配しなくていいんだよ。今のままでいてくれたらそれでいい」

ゆっくりなだめるように言った。

布団にかじりついていた佳代は、力強い腕に引き寄せられた。太い首と厚い胸板に、涙

も嗚咽《おえつ》も悩んでいたことさえも吸い込まれ、包み込まれてしまった。

やはり朝まで引き止めてしまった。送り出して玄関の扉に背を凭れさせた佳代は、降りてゆくエレベーターの音とともに、体がずり落ちていった。


二日間の休みを利用して大山《だいせん》の麓へ行ってみたくなり、佳代は思い切って一人高速バスに乗った。学生時代に家族旅行で来た時の山の印象が、頭に今も残っていたからだった。

バスの窓から後ろに流れてゆく景色を見ていても、ケンの声が佳代の旅の邪魔をした。

「この頃、武藤さんは仕事の他は、ずっと奥様の病院へ行っておられるそうですよ」

桜が散り始め、新芽が吹き出して緑が鮮やかなのに、ケンがグラスを拭いている手がバスの窓ガラスに映って見えた。

「上の息子さんが引きこもりになって、学校へも行かずに部屋で音楽ばかり聴いているらしいです。優秀ないい子だったのに」

佳代は目を閉じてケンの姿を消そうとした。

「武藤さんはそのことで、相当参っておられるみたいです」

考えてみたら佳代には武藤のことと言えば、ケンがもたらす噂話でしか知り得なかった。

やがてバスは北へと大きく曲がり、山陰へ向かうと景色は一変して、佳代の憧れていた大山が遠くに雄大な姿を見せた。まだ頂は雪を残し銀色に輝いて見える。山の姿に心を洗われたせいで、ケンの影は消えた。

以前来た頃と比べると近代化が進み、道も建物も新しくなってしまっている。ちょっと佳代はがっかりしたが、裾野に広がる田畑や民家に素朴さが残っていて、懐かしさにほっとする思いがした。

ホテルは大山をバックに建っている絶好の場所にあった。佳代には山が呼んでいるように思われ、気分が浮き立ったので一刻も早く歩きたかった。

しばらくは大山を仰ぎ見ながら、アスファルトの道をゆっくり上がって行く。春とは言え所々の道端に、残雪が白い塊を置いている。緑を渡ってくる風はまだ頬を刺すほどに冷たいが、登っているので体は上気して汗ばみ、息切れがした。

それでも佳代は気分が良かった。立ち止まって一息いれながら両手を広げて伸びをした。山に向かって大声で叫びたい衝動にかられた。

アスファルトの道脇に林に向かって小径《こみち》がついているのが、先ほどから佳代の気を引いた。あの道はどこへ行くのかしら。土の道の方が都会からより離れられる気がしたのかもしれない。その横道へ誘われるように曲がって行った。

道には車の轍《わだち》があり、轍の間にまだ新芽も出ていない草が、地にへばりつくように、白い小さな花を咲かせている。

「車に踏まれちゃだめよ」

佳代は花に指で触れ声をかけた。

道の脇では木の枝に鶯《うぐいす》が、冷たい空気をつんざいて相手を呼んでいる。けして美しい姿ではないが、今限りの声を張り上げ身を震わせて鳴いている。遠くで呼応している声がかすかに聞こえてくる気もしたが、相手の姿は見えない。

少し行った所で行き止まりかと思ったら右折れして、だらだらと下り坂が続いた。道幅はぐっと狭まり、鬱蒼とした檜林《ひのきばやし》が続き日の光も届いてこない。その檜の間には葉を落とした雑木が、好き勝手に枝を伸ばしていた。

道は僅かだが曲がりくねっているので、歩いて行くうちにどっちを向いて歩いているのか方角が分からなくなった。

「大山はどこに行ってしまったのかしら」

佳代はつぶやきつつ来た道を振り向いて見たが、まるで檜のトンネルへ入り込んだようだった。でも、まだ轍は続いていた。多分森林監視のための道だろう。佳代は一人でいることさえも忘れてかまわず下っていった。

歩きながら佳代は、何となく周りの木々の中に気配がするように思い始めていた。しかしそれが何なのか分からなかった。

やがてゆっくり足を止めて、あたりを見まわして耳を澄まし様子を窺ってみた。だが濃い緑の葉を置いた檜と、その下には葉を散らしてしまった灌木《かんぼく》の枝が、音もなく佳代を取り巻いているだけだった。

それなのに気配はより強さを増し、妖しささえも伴って佳代に迫ってきた。

引き返すでもなく進むでもなく立ち尽くし、意識までもが飛びそうになっていた時、雑木の間に露のように光るものがあった。佳代はその光を窺うように透かし見た。吸い寄せられるように息をのんで見ていると、光の玉は密《ひそ》かに佳代を見ている目のようだった。すると足元にも光る目があるのに気付いた。頭の上にも左にも横にも、あちこちから小さな光る目が佳代を静かに見つめていた。

妖気を強く受けているのに、佳代には不思議なくらい悪意や恐怖が感じられなかった。

佳代は監視されていると思いながらも、まるで導かれているように先へ向かって進んで行った。

　突然、少し太陽が差し込んでいる場所へ出た。そこは伐採した木を処理する場所らしく、円形に広がり丸太が転がっていた。木の切り株へ腰を下ろし、これでこの道の終着まで来たと佳代は思った。しかし明るい日ざしの中にいても、取り巻く妖気はまだあった。

　佳代はしばらくじっと陽だまりに身を置いて、両腕で自分を抱きしめ足元に散らばる木《き》屑《くず》を見ていた。もう鶯の声も届いてこない。音のない世界へ入り込んだのかとも思われた。

　そんな佳代の耳に、かすかな水の囁きが聞こえるように思えた。雪が解け、枯れ葉を濡らしながら、小さな水の道が出来ている。佳代はしゃがみこんで枯れ葉の下の水に手を触れてみた。氷のような冷たさが指先を濡らした。

　水の流れに沿うようにして、細い登り坂があるのを見つけた。それは獣道だった。

　佳代は立ち上がると、憑かれたようにゆっくり獣道の登り坂を踏みしめていた。まだ草木が冬ごもりから覚めていないので、枯れ枝の上を踏みしめればどうにか歩くことができた。

　一歩一歩足を置きながら、何かに誘われるように佳代は登りだした。しかし、さすがにあちこち枝が腕を伸ばして通せんぼをしており、ついには阻むかのごとく檜が横倒しになっていた。

立ち往生している佳代の前の枝がにわかに揺れた。何かが動いている。佳代はぎょっとして足がすくんだ。初めて危機感に襲われ、身動きできなくなった。

すぐそこにもそもそと動く黒茶の毛の塊が二つ見えた。恐ろしさでたじろいでいる佳代を獣はちらっと振り向いた。しかしそれは、丸い愛くるしい目を佳代に向け、するすると茂みの中へ消えて行った。

「あら、狸《たぬき》」

佳代は一瞬声を上げ、恐怖で強張《こわば》っていた体の力が抜けた。すると、

「もうこれ以上は来ないで」

狸の声が聞こえた。否、それはまだ会ったこともない、武藤の奥さんの声であるかにも思えた。佳代はその場に棒立ちになり、狸の驚いたような丸い目が残像となった。

やがて、水の囁きの音で佳代は我に返った。それからゆっくり獣道を戻った。

歩いて来た道をたどって帰りかけると、鬱蒼として暗かった道に斜めに幾条もの光の線が出来た。木漏れ日が差し込んできたのだった。下ってきたので帰りの登りはきつかったが、行く手に大山が木立の間から見え隠れした。その頃から、佳代を取り巻いていた妖気

はすっかり消えた。

このホテルの部屋からは、大山とその裾野を描いた大きな絵のように、窓枠が額縁の役割を担っている。佳代は窓際の椅子に背を沈めて、早くも飛び回っている燕《つばめ》を眺めていた。歩いて来た疲れを取るために温泉に浸かったせいもあって、佳代は激しい睡魔に襲われた。頭の隅に先ほどの出来事はあったが思考力が衰え、何も考えたくないと思った。早い時間からベッドへ入り、すぐ深い眠りに落ちていった。

佳代は武藤をかすかに感じたように思えて、目が覚めた。横を見たが武藤のいるはずがない。狭いシングルベッドに佳代一人が横になっていた。

夢だったのかと思い、再び体の力を抜いて枕に頭をつけ、目蓋を閉じた。だがなかなか寝つかれない。するとベランダに立って夕日を浴びている明るい武藤の顔が目に浮かんで来た。だがどういうわけかそっぽを向いている。佳代が声をかけようと思うとすぐ消えた。

そして次には、グレーの影を映した顔が回り灯籠のように出てきて、じっと佳代の方を見て、何か悲しげな表情をしている。打ち消そうと慌てて目を開け、枕もとの時計を見た。佳代の胸に不安がよぎった。

まだ午前四時、窓の外も暗がりが包んでいる。佳代は窓のカーテンを開けた。そこには、大山がうっすらと黒い影を空に映して、静かに立っていた。

やがて山の後ろの空が白んできた。黒く沈んでいた裾野の木々も鮮やかな緑を取り戻し、小鳥たちが忙しく飛び交い出した。太陽が山の蔭《かげ》から顔を出すと、あたり一面にきらめくように生気が戻って来る。しかし、見ている明るい風景とはうらはらに、不安は佳代の心に巣食い続けていた。

部屋の電話が鳴った。受話器の奥からケンの上ずった声が聞こえてきた。佳代はケンが何を言って来たのか覚えていなかった。

「とにかく、帰らなくては」

佳代はつぶやいて荷物をまとめ、フロントへ帰りの飛行機のチケットを頼んだ。高速バスの往復チケットを持っていたが、地上を這《は》って帰る気にはなれなかった。幸い席はすぐ取れた。だが出発までの時間があまりなかったので、空港へは急がなければならなかった。

小さな飛行機は満席だった。乗り込んだ佳代はシートベルトを締め、座席に体を埋めて目を閉じた。するとケンの声が聞こえてきた。

「武藤さんが昨夜交通事故で……」

そこで途切れた。そして、

「お亡くなりに……」あの頑丈な体が宙に舞って叩きつけられたと言った。

今、佳代が分かっているのは、もう武藤のために何もすることができなくなったということだけだった。

飛行機はゆるゆると動き出した。佳代は目を開けて窓の外を見た。激しく回転数を増していたエンジンがキーンという金属音に変わって、やがて静かになった時、白い氷の衣を纏《まと》った大山が間近にあった。

永遠の恋人ジャズ

祝日のためか、病院の廊下はひっそりとしている。受付には本日休診の札がぶら下がっているだけで、誰もいる様子がない。ただ、見舞い人が記入するためのノートが開けてあり、その上にペンが載っていた。平日なら患者で溢れているこの場所も、黒い長椅子が、座る人もなく横たわっているのが不気味だった。

恭子は見舞い客が誰でもするように花束を胸に抱いて、薄暗い待合室から廊下を通り抜け、「病棟」と表示されているエレベーターの方へ歩いた。

恭子が歩いているだけで陰気な廊下が明るく感じられるのか、すれ違っていった人が振り向いた。

小柄な恭子なのだが、いつも胸をはって背筋を伸ばしているので、見た目には小さい女には思えなかった。細く高いヒールの靴を、右足のつま先から押し出すように廻し、左足の真ん前に外に反らして置くと、恭子は左足をまた同じように右足の前に正確にゆっくりと置いた。この歩き方は、ステージへ上がる時の習慣が、長い間に身についてしまったものだ。ひどく気取った歩き方ではあるが、美しい足の運びであった。

人けが少なく静まり返っているので、自分の足音がスタッカートのように後ろから追っかけて来るようで、恭子は首をすくめた。いつものように伸び上がり気味にコッコッとリズムを取って歩くのが場違いのように思えて、足を忍ばせて小走りにエレベーターへ乗り込み、ふーっと長い息をついて後ろに凭れた。そして、自分の足音から解放された思いで歩いて来た待合室の廊下を返り見た。

五階のボタンを押して、恭子は胸のバラに目をおとす。良次郎にはバラが似合っている、いいえ、バラしか似合わないと思って赤いものばかり選んで持ってきた。でも良ちゃんはきっと、オキョウ、花よりバーボンを持ってきてくれた方が良かったのにな、と言うに決まっている。両手を上げて大げさにおどけながら、甘えるような目をする良次郎が浮かんだ。

「憎めない男」、恭子はつぶやいた。

◆

昭和元年、池谷良次郎より六カ月後れて恭子は生まれた。恭子が物心ついた時にはもう良次郎と遊んでいた。

こぢんまりした恭子の住む借家とは違って、池谷家は生垣に囲まれた大きな家だった。芝生が敷き詰められた広い庭先には皐月《さつき》の花が咲き、植え込みの飛び石を伝って行くと、当時としては洒落《しゃれ》た洋館建ての母屋にサンルームがあった。そこが良次郎と恭子の遊び場だったのだが、遊びにあきると良次郎は恭子の手を引っ張って、廊下の奥にあった応接間にこっそりと連れて行ってくれた。

初めて入ったその部屋には、チューリップ形のあでやかなシャンデリアが高い天井からぶら下がっていた。それを見て恭子はひっくり返らんばかりに上を向いたまま、手を叩いて喜んだ。そんな恭子に良次郎は得意になって珍しい飾り物を見せたりした。

「オキョウ。はよ、ここへ座り」

良次郎はソファーを手で叩きながら、恭子に座るように促した。大きな革張りのソファーは、小さな二人のお尻がすっぽりはまってしまう。恭子は言われるままに並んで座って大声をあげた。

「うわぁ、綺麗」

目の前に出窓のステンドグラスがまぶしく輝いていた。

その日から恭子は、ステンドグラスが見たくてたまらない。毎日良次郎の手を取って振り回しながらせがんだ。そして応接間へそっと忍んで連れて行ってもらった。行くたびにステンドグラスの花や鳥が表情を変えていた。夕日が当たる頃には様々な色が浮き出すように見え、活き活きと今にも飛び立ちそうに思えるのが不思議で、目を見張って驚き、いつまでも見ていたかった。

「こぼんちゃん。そこで遊びはったら旦那様に叱られまっせ」

女中頭のおせいが入り口に立っていた。そして部屋から追い出されてしまう。

「おせいの馬鹿！」

良次郎はべーをして見せ、泣きべそをかく恭子の手を引いて、ばたばたと元のサンルームに走って戻った。そして、恭子の耳元に両手を筒にして囁いた。

「おせいのおらんときにまた内緒でいこな」

人さし指を口の前に立ててシーと言って、恭子の目を覗き込みながらうなずいて見せた。

良次郎は、おしろいを製造している「みとせ」の次男坊で、「こぼんちゃん」と呼ばれていた。兄の善太郎とは十歳も離れているので、良次郎の遊び相手にはならなかったし、みんなから甘やかされて育ったため手に負えないことも多々あった。いわゆるやんちゃ坊主だった。

「大ぼんちゃんの小さい時は、あんなことはあらへんだけど、こぼんちゃんは、はしかい（すばしっこい）さかいに目離しでけへんわ」

おせいたち女中もよく愚痴っていたものだった。

サンルームから廊下を隔てて重い大きな襖《ふすま》を開けると、中の間を挟んで「みとせ」の店に通じるドアがある。そこから良次郎の父親である大柄な旦那様の太いだみ声が聞こえてくる。恭子がドアをそっと細く開けて、隙間に顔を入れて覗くと、テーブルにどっかと座って、土間を忙しく動き回る店員たちを指図する旦那様と、その横に大きなそろばんを持って立っている番頭さんの細く前かがみな姿が見え、店独特の緊張した雰囲気が子供心にも伝わってきた。そして、おしろいの甘い香りがそこいらに漂っていた。恭子は時々旦那様の声が聞きたくなってここに来るのだった。

父が早くに亡くなり、母は学校で音楽の先生をしている。恭子は男親を知らなかった。覗いている恭子を見つけた旦那様は、今までの厳しい顔が突然に崩れ、三日月のように

目を細めてこっちにやって来ると、大きな手を小さな恭子の肩に置いて、

「オキョウちゃんはええ子やな。おかげで、一緒に遊んでいる時の良次郎はおとなしい」

相好《そうごう》を崩して優しくそう言ってくれる。

恭子は旦那様をただじっと見上げていた。恭子にとって旦那様は大きく温かかった。


「みとせ」の店がある表通りは商店が建ち並び、人通りも多い。その表通りを少し行って左に曲がると、閑静な住宅地の中に公園があった。公園の前の道を挟んだ角に、小さな雑穀屋が店を開いていた。米、粟《あわ》、稗《ひえ》などと豆が数種並んでいて、それぞれの商品が入った一合升が載せてある。

恭子が良次郎と手をつないで店の前を通ると、店番をしているおばさんが、前掛けで手を拭いながら「おりこうさんに遊びなはれや」と声をかけてくれた。

人影の少ない昼下がりだったので、公園には鳩《はと》が舞い降りて忙しく歩き回り、餌をあさっている。ブランコにも乗った。滑り台も何度も滑った。走り回ったあげく二人は砂山を作って遊んでいたが、一羽の鳩が砂場近くに物欲しそうに寄ってきた。それを見ていた良次郎が突然走り出したので、恭子は慌てて後を追った。

良次郎は雑穀屋に駆け寄り、豆の入った升を掴んで公園に撒《ま》き散らした。ばたばたと羽音をさせて鳩がいっせいに寄ってきて、豆を取り合った。店先ではお客の買いにきた米を、店番のおばさんが量っていたところだったが、良次郎の動きが速すぎて何事が起こったのか分からず、客もおばさんもあっけに取られて棒立ちになっていた。

しかし、やがて大声をあげて手を振り下ろしながら叫んだ。

「これ。あかん、何すんねや。あーぁ、しゃあないな。みとせのこぼんちゃんやがな」

恭子は良次郎の手を引っ張って店まで行き、

「かんにんして。かんにんして。良ちゃんもあやまり！」

頭を下げて泣きべそをかいた。それから良次郎の家に走って帰り、

「おばさん、良ちゃんが……」

良次郎の母に泣きじゃくりながら訴えた。

「オキョウちゃん、どないしたん。また良次郎がなんか、しでかしましたんかいな」

母親はため息交じりに、またかという顔をして言った。

「あそこのお店の豆、撒いてしもうたん」

しどろもどろでやっと恭子は言った。いつもは良次郎に甘い母親だったが、これには顔

色を変えた。

「これ、良次郎。あれは商品やろ、そんな売り物を取ったらあかんぐらい分かってなはるやろ。商人の子が何を馬鹿なことしなはんね。あやまりなはれ」

母の剣幕にもめげず良次郎は口を尖《とが》らせ、

「鳩にやったんや」

と言った。良次郎がおばさんに叩かれると思った恭子は、とっさに良次郎の頭を抱いて大きな声をあげて泣いた。

◆

恭子の家へ良次郎がついて来るようになったのは、小学校四年生になった頃からだった。畳敷き四畳半の部屋の片隅に赤い絨毯《じゅうたん》が敷かれ、黒いアップライトのピアノと勉強机が置いてあったので狭かったが、障子を開けると縁側があった。そこからは生垣を隔てて、良次郎と遊んでいたサンルームが植え込みの間から見える。

良次郎の家には色々の贅沢《ぜいたく》な玩具はあったが、男兄弟だったので恭子の家にあるピアノは珍しく、触ってみたかった。

　恭子の母はいつの日か娘が、ピアニストとしてステージに立つことを夢見ていたので、恭子は厳しく教え込まれた。稽古している間、良次郎はそばに立っておとなしく見ていた。恭子は良次郎の羨ましげな視線を意識して得意になって弾いた。

　学校から帰ると、良次郎がおやつを持って恭子の部屋へ来るのが、当たり前になった。良次郎と恭子は並んでピアノの椅子に座って遊んだ。

「オキョウ、昨日はここまでやったな。ここから弾くで」

「あっ、りょうちゃん、それ違う。こうや」

　恭子は弾いて見せた。ピアノを弾いている時の良次郎は、暴れん坊の良ちゃんではなく素直で、恭子の言うことをよく聞いてくれた。そしてしばらくすると恭子がお茶を淹れて、良次郎の持ってきたおやつを仲よく食べ、また二人でピアノに向かった。

　そんなある日、

「誰が弾いているのかと思ったら良ちゃんだったの。知らない間に上手に弾けるようになったね。それに恭子より力強いし、音感もすごくいいみたいね」

　恭子の母は驚いたように良次郎のピアノを誉《ほ》めた。だが、母の何気なく言った言葉に恭子はひどく傷ついた。対抗意識がむらむらと頭をもたげてきて、なぜか良次郎に意地悪をしていた。

「良ちゃん、私のピアノ弾いちゃ駄目」

ヒステリックに言うと、いきなり椅子から良次郎を突き飛ばし、鍵盤の上に両手を広げてキーを隠して良次郎を睨みつけた。

「恭子。そんなにしなくても一緒に弾けばいいじゃないの」

母は良次郎をかばってなだめたが、恭子は鍵盤に覆い被さり、泣きながら首を左右に振り続けた。


生垣の向こうからピアノの音が聞こえて来たのは、それから間もなくのことだった。

なんであんないけずしてしもたんやろ。あの日のことを恭子は悔いた。

学校から帰ると恭子は縁側に立った。聞きなれたピアノの音が響いてくるのを待ちわびながら、高い生垣の向こうへ良ちゃんが行ってしまったと心に穴が開いたようだった。

◆

夏祭りを明日にひかえてお囃子《はやし》の音が街に流れ、いやがうえにも気分を盛り上げていた。子供たちにとっては、お小遣いがいつもより多く貰《もら》えるのが嬉しかったし、自分で自由に使えるので何を買おうかと思うだけで胸が弾んだ。

商店街を抜けた左に石の鳥居があって、新しいしめ縄が張られていた。氏神様の参道の奥に、神社の屋根が木立の間から見える。すでにお神輿《みこし》が引き出され、街の若い衆がきらびやかに飾りつけを施している。お神楽《かぐら》の準備も整い、赤い袴《はかま》をはいた巫女《みこ》たちが、神殿へお供え物を忙しそうに運んでいた。

恭子や女友達と良次郎たち腕白仲間は寄り集まって、境内をうきうきしながらぶらついていた。恭子の引いたおみくじは吉だった。良次郎は大吉が出たので、明日はみんなにかき氷をおごることになった。明日の無礼講がもう始まったかのように、わいわい騒ぎながら参道から広場へと向かった。

みんな、それぞれにゆかた姿だった。恭子は母親が選んでくれた、ちょっと大人っぽい朝顔の模様のゆかたを新調して着ていたが、

「オキョウ、ゆかた、よく似合って綺麗やで」

良次郎が如才なく誉めてくれ、恭子は頬を染めた。

広場には出店が軒を連ねていて、色とりどりの動物を象《かたど》った飴《あめ》細工や、人形や動物のぬいぐるみ、綿菓子、ちょぼ焼きの店などに交じって、見世物小屋や活動写真の覗きなどもあった。

まだ前日というのに、夕刻近くになると、くつろいだ格好をした人たちが群れてきた。

「明日、俺はめんこを買うで」

「わしは、刀や。長刀《なぎなた》が欲しいねん。こんな長いやつや」

両手をいっぱいに広げて見せ、男の子たちは口々に欲しい物を言い合いながら、一軒一軒店を覗いて下見をし、それぞれに胸算用をしていたが、女の子たちは口には出さなかった。恭子は赤いリボンの髪留めが欲しかったが、お小遣いで足りるのが果たして見つかるかしらと不安だった。

涼風が時折吹き抜けはするが、なかなか沈まない夏の太陽が照りつけ、汗やアセチレンガスの匂いに混じって、西瓜《すいか》のすえた匂いが漂っていた。

広場の中央にはやぐらが組まれて、赤や緑の房に飾られた大きな太鼓が据えられている。頭に豆絞りのねじり鉢巻をして、おそろいのゆかたの裾を帯に差し込んで端折《はしょ》った男たちが、代わる代わる太鼓を叩いて練習をしていた。

良次郎は絣《かすり》の丈の短いゆかたに兵児帯《へこおび》をしめて、やぐら太鼓の間近に立って見上げていた。良次郎は太鼓を叩く男の動きに合わせ、ばちを振るしぐさを繰り返し真似ながら、腹にまでずんと来る勇壮な音に胸を高鳴らせて、大声で掛け声をかけている。そんな良次郎を見ていた男がやぐらの上から声をかけた。

「ぼん、叩きたいか」

「叩かせてくれるん？」

言うなりゆかたの肩を脱いだ良次郎は、裸足になってやぐらの上に勢いよく駆け上り、大きなばちを臆することなく受け取ってしっかりと握り、二本のばちをそろえ持ち胸に押し当てた。それからあっけに取られている恭子の方に突き出して言った。

「やったるで。見ててや、オキョウ」

蹴散らしていった良次郎の履物を両手にぶら下げて、恭子は心配そうにやぐらを見上げた。

「おぅ。頼もしいな。ぼん」

やぐらの上の男が言った。そこには恭子と手をつないで遊んでいる時の甘ったれの良次郎ではなく、もう一人前の男良次郎が、すごく高い所で凛々《りり》しげに立っていた。

　色白の良次郎の肌は興奮でピンクに染まった。太鼓は彼の背丈より上の方にある。足を踏ん張って大きく息を吸い込み、両腕を上段に振りかざして「やあ」と大きな声をあげると、右手のばちを思いっきり一発太鼓の腹にぶつけた。しっかり張られている太鼓の革は、威嚇するようにばちを跳ね返し手首に強く返ってきて、良次郎はよろめきそうになった。彼は負けじといっそう足を広げ、片足を少し後ろにずらして踏んばり直す。手首を固定してばちをもう一度握りなおし、力を込めて左手を振り下ろした。

　うぉーっと周りの男たちから声が上がるや、次いで、よいしょ、ほれ、ほい、と掛け声がかかった。その声は大きく膨れ上がり、見物人の手拍子も加わってだんだん加速していった。良次郎は掛け声に乗せられるように、大きく小さく小気味よくばちを振り下ろし、我を忘れて太鼓に熱中した。

　やがてばちを置いた時には、頭から水を浴びたように汗が流れ出していた。良次郎は、はだけたゆかたの袖で顔の汗を拭った。そしてばちを二本そろえ持って、一度高々と頭の上に差し上げてから深々と一礼した。周りで見ていた人たちに交じって腕白仲間も歓声を上げて拍手した。

「ぼん、上手いもんや。小っこいくせに力強いがな」

「度胸満点やし、それに役者や」

「ほんまに大人顔負けや。初めてばちを握ったとはとても思われへんがな」

男たちは良次郎のばちさばきを口々に誉めた。

◆

オレンジ色をした大きな夕日が坂道の向こうに沈みかけている。良次郎が坂を駆け上がっていく。

「良ちゃん、良ちゃん」

後ろから呼びかけたが振り向いてくれない。恭子は一生懸命追っかけようとするが、足が重くてなかなか走れない。夕日が落ちて空が真っ赤に焼け、浮かんでいる白い雲までもぼかしのように、紅色に染め上げた。

自分の声で恭子は目が覚めた。枕に頬を押しつけて、うつろな気分で今のは夢だったのかと思った。汗がびっしょりと首筋を濡らし、体が気だるく重い。寝巻きがべとついて気分が悪い。それにしてもパンツまで濡れている気がして、まさかおねしょでは？　と手をお尻の下に入れてみた。すると、手にぬるりとしたものが付いた。見ると、さっきの夢の夕焼けのように手が赤く染まっているではないか。

恐ろしさに恭子の体は震えた。白いシーツがあの雲のように赤くにじんでいる。布団から転がり出して畳に突っ伏し、蝸牛《かたつむり》のように丸くなった恭子は声をあげて泣き出した。

泣き声を聞いた母が襖を開けて顔を出した。

「どうしたの。六年生にもなっているのに、夢を見たくらいで泣くなんて。いつまでも恭子はねんねなんだから」

母は笑いながら言ったが、シーツが赤くなっているのに気付き、

「あら、恭子おめでとう。娘になったんだ。お赤飯を炊いてお祝いしなくっちゃ」

転がって泣いている恭子を抱え上げ、涙を指で拭ってくれた。

「心配しなくていいのよ。さあ、こっちへいらっしゃい。お母さんが教えてあげるから。こんなに早く女になるとはね。まだまだ子供だとばっかり思っていたのに」

恭子は泣きじゃくりながら母に抱きついた。母の笑顔を見て少しは落ち着いたが、自分の中で何だか知らない変化が起こっているのが不安だった。

その日は学校で縄跳びやドッジボールに加わらず、友達が遊ぶのを木陰に座って、物憂い気持ちで見ていた。そして授業が終わってさっさと一人で家へ帰りかけた時だ。

「オキョウ、どないしたんや。元気ないなぁ」

良次郎が後ろから追いかけてきて、覆い被さるように肩を組んだ。それはいつもすることなのだが、恭子はするりとその手をはずして抜けた。そして、

「ひどいこと、せんといてよ」

と、良次郎を睨んでしまった。

すると、ピアノの椅子から突き飛ばしたあの日のことが浮かんできた。またしても自分のしたことを悔やんで泣きべそを掻《か》きそうになった。

良次郎はいぶかしげに恭子を覗き込み、

「ほんまにどないしたんや。いつものオキョウと違うで。それに顔色も悪いで。しんどいんやろ」

「そんなことないよ」

「ほんなら一緒に早よ帰ろうな」

良次郎は手を出した。

けれど、恭子は今までのように素直に手をつなぐことができない。両手を後ろに回して俯《うつむ》いてしまった。

「大丈夫か、オキョウ。そんならおぶって帰ったるわ」

良次郎は中腰になって背中を出した。ひ弱で頼りないとばかり思っていた彼の背中が、いつの間にか大きく逞しい男の骨格になっているのを感じて、またしてもたじろいだ。どうして今日は今までとこうも違うのだろうか。子犬がじゃれあうように体をぶつけ合って遊んできたのに、それが急にできなくなってしまった。

その頃から恭子は、良次郎をいとしいと思うようになった。しかしその思いとは裏腹に彼を避けるようにもなった。そのくせ家へ帰ると縁側で一人立ちつくし、隣からピアノの音が聞こえてくるのを待った。そして「エリーゼのために」が聞こえてくると、なぜか頬を濡らすのだった。

◆

商店街のアーケードを抜けると急に静かな道になり、民家がぽつぽつと点在しているだけになる。そこにぽつんと小さなレコード店があった。店の入り口には、着物姿の広沢虎造が扇子をかざした浪花節《なにわぶし》のポスターと並んで、ロイド眼鏡に白いタキシード、白い蝶ネクタイを締めた東海林太郎が、顔が隠れるくらい大きなマイクの前に、直立不動の姿勢で立っているポスターが貼られていた。マイクのネックには、真っ赤なリボンがバラの花のように飾られ、白い服装にリボンの赤が際立って映えている。

そんな店の雰囲気とは程遠いリズムが、中から聞こえて来ている。良次郎はふと足を止めた。前に立って覗き込みながら耳をそばだてていたが、太鼓の音がまたしても心を捉え始めた。良次郎の頭の中はもう太鼓の音ばかりになり、何も考えずにレコード店に飛び込んで聞いた。

「おっちゃん、これ何て音楽？」

「ぼん、これがジャズっていうもんや」

ベレー帽を被り革のジャケットを着た、いかにも西洋カブレといった感じのするキザな店主は、突然入ってきた良次郎につられて、もったいぶった口調で言った。

「あっ、これ、今やってんのん太鼓やろ」

「そうや、ドラムソロ、いうねん、分かるか？」

「ふーん」

良次郎は唸《うな》った。ドラムの力強い音に酔ったように体を揺らしながら、良次郎はショーケースを手で叩き出した。

店主は、こましゃくれた子供が、正確なリズムを刻んで夢中になっているのを、黙ってそばで見ていた。一曲が終わると良次郎は我に返って、ほーっと息を吐いた。

「ぼん、ええリズム感しとるやないか。これはドラムの第一人者、ケニー・クラークという人や。ほら、あのポスターの人や」

そう言って壁を指さした。その店の間口は狭いが奥に入ると、レコードの他にも、良次郎が見たこともない珍しい楽器が色々と並んでいた。その上の壁に張ってあるポスターには、色の浅黒いドラマーがちょっと首を傾げ、細いスティックを両手に、豪華なドラムセットの前に座って叩いている姿が真ん中に写っていた。それはまるで、今にも動き出して、音まで聞こえてきそうに思われた。店主は一人一人を指さして、脇にいるのはサックス、その前がギターで、後ろにいるのはピアノ奏者や、と説明した。

「へえー、かっこいいな。俺もジャズドラム叩きたいな」

早速、良次郎は恭子にレコード店でのことを話した。

話しながらも、スティックを握って叩いているように、手をせわしなく動かしている。

「オキョウ、俺、ピアノよりドラムの方が向いてると思わへんか」

良次郎は一体何をしようとしているのだろうか。恭子はますます分からなくなった。

過ぎし日の夏祭りの時、あの大太鼓のばちを恭子の前に突き出し、おめず臆さず叩いていた時の良次郎の頬は、紅潮して活き活きとしていた。恭子は良次郎がだんだん遠くなって行くように思えた。

◆

恭子は女学校へ、良次郎は中学校へとそれぞれ進学し、離れ離れになる時がやって来た。それからというものは、学校が遠い良次郎は朝早くに出て行ってしまい、顔を合わす日はほとんどなくなった。

二年生の時だった。恭子は専門の先生について、本格的にピアノを習うようになった。

その日、お稽古帰りのバスはすいていた。後ろの方の席に座ると恭子は、習ったばかりの譜面を広げて鍵盤を思い描き、指を動かしていたが、はたと手を止めた。突然、自分の手ではない細い骨ばった指が鍵盤の上を魔物のように走り、恭子の思いの中へ割り込んできた。そして、その音律に恭子は我を忘れた。それは良次郎の、男とは思えない繊細な指の動きと力強い音だった。

バスを降りても恭子の頭の中ではまだ同じ音と手の幻想が渦巻いていた。ぼんやりしつつ公園まで来ると、藤棚の下で二、三人の学生がたむろしてふざけあっていた。

良ちゃんがいる。目ざとく見つけた時から頭が空っぽになり、体が宙に浮いた。道からそれて公園へ足を踏み入れると、知らず知らずに藤棚の近くへ来てしまっていた。

蒼く広がる空の一角に、白い入道雲がもくもくと膨れ上がっている。夕立の予感はしたけれど、風は凪《な》いでいて、汗がじっとりと首筋を濡らした。

恭子はハンカチを出して拭った。一気に血が体中を駆け巡り、胸が破裂しそうに波打った。藤棚に近づいたものの、大きな木陰に一旦隠れ、気付かれないようにそっと窺ってみた。木の上ではひぐらしがせわしげに鳴き続け、夏の終わりを告げているかのようだった。

一人がベンチに座って、何か本のような物を膝の上で開いた。それを前から二人が、後ろから良次郎が被さるようにして覗き込んでいる。胸に手を当て一つ深呼吸をした恭子は良次郎の背後に廻り、意を決して小さな声で呼んだ。

「良ちゃん、久しぶり」

良次郎はけげんな顔をして振り向いて、木陰に隠れるようにしている恭子を見たが、

「なんや、オキョウか」

と言ったきり元のように何かを覗き込み、仲間との話に夢中になった。

恭子は作った笑顔の持って行き場を失い、頬だけが強張り全身から張り詰めた力が抜け落ちた。取り付く島もなく、そっとその場を離れるしか仕方がなかった。

足取りも重く公園を出ると、帰り道を家の方へ歩き出した。抱えている譜面がやけに持ちづらくなって落としそうになった。

角を曲がると良次郎の家の生垣が見える。その時、ばたばたとせわしなく走ってくる足音が聞こえた。恭子はその足音が誰なのかを直感して身構え、振り向いてやるものかと足を速めた。やはり、良次郎は小学生の時と同じように後ろから荒々しくぶつかってきた。

「オキョウ、待ってや」

恭子は憮然《ぶぜん》として向き直った。

「良ちゃん、失礼や。さっきは無視したくせに」

「済まん、済まん。そやけどあいつらが一緒やったやろ」

学生帽をぐしゃりと掴み取って、良次郎は照れ笑いを浮かべ甘えた目をした。

「オキョウ、この頃なんや話しにくくなったな」

そう言って、良次郎は白いセーラー服をまぶしそうにしげしげと見つめた。

「良ちゃんかて、学生服をちゃんと着てたら、一応大人になったみたいに見えるね」

恭子は肩をそびやかして姉さん気取りで言った。

「さっきのお友達をほって帰って来てええのん」

「うん。後からみんな、僕の家に来よるんや。あいつらが今では僕の音楽仲間ちゅうか、ジャズ仲間なんや」

そう言えばいつも縁側に出て待っていた「エリーゼのために」は聞こえてこなくなり、その代わりにドラムや、時にはサックスの音がしていたのを思い出した。

「良ちゃん、やっぱりジャズをやってたんや。良いお仲間が出来て良かったね」

「一応カルテットを組んでるんや。楽器を持ち寄ってやってると、下手くそでも楽しいで」

「時々聞こえてるけど」

恭子は思っていた。顔を見てしもたら私の負けや、子供の頃から良ちゃんのやんちゃをかばい続けてきたんやものと。

「やっぱり聞こえてたんか。おふくろなんか、うるさそうにいつまでチンドン屋の真似してなはんね、なんて言うんやで」

良次郎がお母さんの声色としぐさで言っておどけた。

「おばさん、そない言わはるん？　あぁ、その声と言い方そっくりや、懐かしいなぁ」

お腹を抱えて笑い転げたが、手をつないで遊んでいた頃が恭子の脳裏に浮かんでいた。

「そや、オキョウ、僕らのバンドで歌ってくれへんかな」

突然、良次郎はキザなしぐさで恭子を指さした。そして真顔になって続けた。

「ボーカルがおらんのや」

恭子はまたしても良ちゃんは何を言い出すのかと後ずさりした。良次郎は遠くに目をやり思い出をまさぐるように、

「小っこい頃によう二人で歌ったな。僕はオンチやったけどオキョウは結構上手かったやん。今日良かったら後で、久しぶりに僕の部屋に来てみいへんか」

目の先に見えている生垣に西日が当たって濃い緑がまぶしい。ふと、あの応接間のステ

ンドグラスの輝きとともに、懐かしくおしろいの匂いが蘇ってきた。

「みんな、ええ奴ばかりやで。音楽好きに悪い奴はおらへん。もし、オキョウが来てくれたら、奴らもきっと喜ぶわ。歌わんでもピアノ弾いてくれるだけでもかまへんし」

「そんなこといきなり言われたって、私はジャズなんか知らんもん」

そう言ったものの、恭子の心は揺れ動いた。

結局、週に一回の集まりに加わり、何となく楽器を触ったりレコードを聴いたりしているうちに、いつの間にかジャズが面白いと思うようになった。

◆

しかし、そんな心ときめく時間は長くは続かなかった。

翌年の暮れに始まった真珠湾攻撃を皮切りに、日本は戦争に突入していった。

それからというものは日増しに戦時色が強まり、ピアノの音など出せなくなった。いわんや、アメリカの音楽など演奏できるはずもなかった。

女学校四年生（現在の高校一年生）の頃には勤労挺身隊《ていしんたい》動員令が出され、恭子のセーラー服はもんぺ姿に変わり、軍服のボタン付けや防空壕《ぼうくうごう》掘りのために授業は割かれた。良次郎たちはゲートルを巻いて戦闘帽を被り、銃を担いで演習場を駆け回る毎日を強いられた。そうして時局は緊迫の度を増していった。

そして警戒警報のサイレンとともに、大阪上空にも敵機が姿を現すようになったのだった。

大阪大空襲があったのは、恭子親子が疎開のために親戚の家のひと部屋を借り、郊外の山間《やまあい》の村に身を寄せていた時だった。

小高い所にあるその村は、ゆるやかな斜面に田圃が長方形や三角形に仕切られ、階段状に下まで広がっていた。緑一色に伸びた稲が風になぶられ、葉裏を白く光らせていた。そこには平時と何も変わらない、のどかな時が静かに流れているようだった。

恭子の母はここに来てから毎日畑仕事に出ていた。朝、恭子が起きる頃にはもう家に居なかった。畑の水かけや草取りばかりか、鍬《くわ》を持って耕したりする肉体労働が多かったので手も荒れて、ピアノ教師とは程遠い農家のおばさんになっていた。

恭子は、日中に近くの軍需工場で働いていた。夕暮れに帰ってから母を手伝うために畑

へ行くと、

「恭子は家にいて、おばさんの手伝いをしてあげなさい」

母は気丈にも笑顔を見せた。そんな時、土まみれの手で汗を拭う母の額は泥で汚れていた。

「恭子ちゃん、これ持って帰っておやつに食べや。お母さんが手伝うてくれて出来たトマトや」

おばさんの言葉に、

「でもこれは……」

恭子は口ごもった。

「ええんよ。これはお母さんへのお礼じゃ」

人々は食糧難に喘《あえ》いでいた。だからトマトなんかは贅沢品だった。畑には芋や玉蜀黍《とうもろこし》、豆などの、主食に代わる腹持ちの良い穀物が優先的に作られ、トマトはおばさんがこっそり自分たちのために作った貴重品だった。

真っ赤なトマトを手にしている恭子を見て、母は肯《うなず》きながらおばさんに何度も頭を下げている。

「ありがとう」

恭子はお礼を言いながら、思わずトマトに頬ずりした。

夕日が沈む頃、母はとぼとぼと僅かな野菜を貰って帰ってくる。そして恭子が炊いておいた野菜入りのお粥《かゆ》を置いて食卓に向かい合う時、お互いの顔を見て生きていることを確かめ合うのだった。

このところ昼夜を問わず警戒警報が鳴り響き、その頻度は増すばかりとなり、敵機が上空に姿を現して、悠然と飛んでいることがしばしばになった。太陽が出ている間にできるだけのことを済ませ、日が暮れると灯《あか》りが外に漏れないよう、電灯に黒い布を被せ、灯火管制下の真っ暗な夜をすごしていた。

恭子の枕もとにはいつも、預金通帳と印鑑、僅かなお金が入った財布、常備薬、それとカンパンを入れた背嚢《はいのう》が、三角巾や防空頭巾などと一緒に置かれていた。勿論もんぺ姿のままで寝ていた。

その夜はうとうとしていたとはいえ、まだ熟睡には入っていない時間だった。警戒警報を告げるサイレンが途切れ途切れに鳴って、浅い眠りを覚まされた。恭子は母に急《せ》かされて防空頭巾を被り、いつでも防空壕に入れるように身構えてそのそばに立った。

風がぴたりと止まり、その静けさが不気味で虫さえも声を出さずにいるようだ。綿がずっしり入った防空頭巾で肩から二の腕まで覆っている姿は、この季節にはふさわしくなかった。やけに蒸し暑く、汗が噴き出してくる夏の夜のことだった。

不気味と思えるほどの静けさを破って、かすかな爆音が聞こえて来たように思った時、はるか南の空にＢ29が一機二機と現れた。いつもとは違って今夜は見たこともない大編隊のようで、空を覆うかと思われ、爆音を轟《とどろ》かせ騒然と頭上へ迫ってくる。

恭子は爆音に腹をえぐられるような気がして、防空頭巾を引っ張って顔を隠し、その隙間から目だけを出して恐々《こわごわ》空を見上げた。黒い影の一群が過ぎたかと思ったらまた次の一群と、まるで空の果てから無数に湧いて出て来るようだ。そして不敵にも悠々と通り過ぎて行くではないか。

誰一人として言葉を交わす者もなく立ち尽くし、なすすべもなく空を見上げているだけの黒い人影は、一様に拳を硬く握り締めて微動だにしない。

闇を切り裂いてけたたましくサイレンが鳴った。空襲警報だ。

唖然《あぜん》と上空を眺めていた人々から「うぉー」と低いうめき声が漏れ、一気に人々が右往左往しだし動きが激しくなった。不吉な胸騒ぎに母の手を握り締めたが、母の手も汗で濡れていた。恭子は、今何をすべきなのかその判断もつかず動けなくなっていた。

敵機が静まり返った大きな街へ向かって行っているのは明らかだった。まだ頭の上を次々と通り過ぎていく爆撃機の群れが、北の遠い空の一角に小さな閃光《せんこう》を炸裂《さくれつ》させた。その光はたちまち幾つかに分かれ広がったと思うと、夜空を赤く焦がした。

爆弾が大阪へ落とされ空襲が始まったと恭子は思った。あっちにもこっちにも点々と閃光が走り、赤い火の手が真っ黒な煙を噴き上げて空を覆いだした。それは広範囲に及び、やがて一つの大きな赤黒い魔物のように揺らめきながら雲までをも焦がした。天も地も熔《と》けてしまうのではないかと思われた。しかも火の手の広がりは、やがてはこの山里の麓近くまで及んで来そうな勢いだった。

恭子は体の小刻みな震えが止まらなかった。その時、母に強く抱き寄せられ、母の涙が恭子の頬に落ちた。痩せた母の胸に顔を埋めると母の鼓動が聞こえてきた。そして不思議と震えと恐怖が去っていった。恭子は強く自分に言い聞かせた。生きて行こう、どんなことをしても耐えて生きて行かなくてはと。

やがて白々と夜が明けだすと、黒い雲の塊が激しい雨を呼んだ。しかし夜更けになると再び悪魔は息を吹き返し、赤い舌を出してめらめらとなめるように町を這いまわる。それは幾夜も続いた。

恭子は不安だった。一体どうなってしまうんだろう。家は焼けてしまったに違いない。それに、私はこの安全な所にいるけど、良ちゃんはすさまじい爆撃の中にいる。そこまで思ったところで胸が潰れそうになった。あの火と煙の中にいてどうやって逃げられるだろうか。でもあの良ちゃんのことだから……。ただ助かって生きていてほしいと心で叫んでいた。

しかし、生まれ育った町が未《いま》だに燻《くすぶ》り続けているのを、手をこまねいて見ているしかないのが無念ではがゆかった。

情報がないままに、ラジオの玉音放送を涙ながらに聴いた。

だが、やがて家へ戻れる日がやって来た。数少ない汽車は同じ境遇の人で満員だった。なんとかキップを手に入れて乗ることができたのだが、客車は不安を抱えたまま元の家へ戻ろうとする人ばかりで、どの人も大きく見開いた目を宙にさ迷わせ、身も心も殺伐としていた。

焦りと落胆が渦巻く人たちを乗せて、汽車はのろのろと力なく走った。やっとたどり着いて駅に降り立った二人に、まず焼夷弾《しょういだん》の異臭が鼻をついた。

看板を連ねていた商店は焼け落ちて、目をさえぎる物がない。太い幹を残して葉と枝を焼かれてしまい、傾きながらやっと立っている街路樹が幽霊のようだ。

黒く焼け爛《ただ》れた柱の残骸と崩れ落ちた壁が無残な姿をさらし、それが延々と続く。はるか向こうの鉄筋の建物が煤《すす》にまみれながら、気丈にもぽつんと立っているのが余計に哀れに見えた。

そんな駅前の変わり果てた姿に、恭子は母としばらく無言で立ち尽くした。予想以上に酷《ひど》い状況に不安はますます募った。当然だが、町へ向かうバスの動いているはずもない。

やがて二人は、どちらからともなく黙って歩き出した。担いで来たありったけの食料が肩に食い込んで、足取りはいっそう重くなった。とはいえ、口には出さないが、家は焼け残っているのではないかと、いくばくかの希望は持っていた。でも、あの夜から母の笑顔は消えた。引きつめて括っている髪の艶は失《う》せ、頬もこけて顔色もくすみ蒼黒い。気丈に唇を真一文字に結んだ横顔にも、さすがに疲れと落胆の色がにじみ出ていた。

石垣にさえ強い火勢は黒ずんだしみ跡を残し、崩れるはずのない土蔵までもが土くれと化してしまっている。そんな道筋にはぽつんぽつんと、焼け爛れたトタンで囲ったバラックで生活している人たちがいた。道行く人影もなく、廃墟《はいきょ》となってしまった街に、人は俯き加減でなりをひそめている。空襲は人の心までも煤けさせてしまった。

「恭子。焼けていたらあんなバラックを建てて頑張ろうか」

「うん。そのつもりや」

恭子は母の手を握り締めうなずいた。

恭子の家はすっかり焼け落ちていた。

まず目についたのは、無残に曲がって転がっているピアノの弦だった。

赤茶けた弦に走り寄った恭子は、弦の残骸をそっと撫でさすった。自分は遠くで見ていたが、燃え盛る火の中で動けずにいたピアノを、自身が焼かれるほどに哀れでたまらなく涙が溢れてきた。

そばには焼夷弾の筒が憎々しげに数本転がっている。

私のピアノを焼いたのはこれだ。これが花火のように空中で広がった火の玉だったのだ。

「オキョウ、オキョウやないか」

突然、良次郎の声が背後で聞こえた。血の気が引くほど懐かしく、良ちゃんと抱きつきたいのに振り向くことすらできない。恭子は涙を見られるのが恥ずかしくて下を向き、両手で顔を覆ってしまった。

「お母さん、二人ともお元気そうで良かった」

良次郎は母に走り寄ってきた。

「良ちゃん、ご無事で良かった。お家の皆さんも？」

「おかげさまでみんな無事です。このあたりは焼夷弾は比較的少なかったのですが、何しろ凄《すご》い空襲でしたから、みんな、逃げ惑うのが精一杯で……。消火なんかできる状況ではなかったんです。だから、周りから延焼してきて風下はみんな焼けました。でも僕の家は生垣があったからそこでくいとめて、母屋は焼けずに残っています。納屋は焼けましたけれど。だから、住んでいただく部屋はありますから、とにかく家へ行きましょう」

良次郎の顔を見て母は気が緩んだのだろう、抱かれるように寄りかかった。良次郎がその背中を軽く慰めるように叩いている。

良ちゃんはしばらくの間に随分大人になってしまったと思った。そして母に少し嫉妬を覚えた自分が嫌になって目をそむけた。

その日から良次郎の家で、恭子親子は落ち着くまで同居することになった。

「オキョウ、それはひどかったんやで。神社の横の川からあっちは火の海になって、田圃《たんぼ》まで火がついて燃え上がったんや。川に飛び込んで橋の下に逃げた人も大勢いたけど、川の水が湯のように熱くなったそうや。ほら、あの豆屋のおばさんも火傷《やけど》してうちの店へ逃げて来て、うちの店先は逃れてきた怪我《けが》人でいっぱいになって……。みんなで手当てをしたり炊き出しをしたりして、まるで野戦病院みたいになったんや」

「へえー、良ちゃんも手伝ったん？」

「当たり前や。薬も足らんし、おふくろは包帯代わりに自分のゆかたを裂いて……。あんな時には人間何でもできるもんや。そうそう、オキョウの友達のまきちゃんは逃げ遅れて家の下敷きになって、亡くなってしもた」

「えっ、まきちゃんが……」

「他にも分からんようになってる人は沢山いるで。何しろ、小学校には誰か分からん黒焦げの遺体が、何体もリヤカーに載せられて運び込まれて、穴を掘って荼毘《だび》に付されたんや。

その間にも敵機はたびたびこの上を飛んどったけど、あれは爆撃の跡を見に来とったんやろ」

さすがの良次郎も、食糧難ばかりか、空襲で受けた心の傷は大きかったのだろう、恭子の目にはやつれて痛々しく映った。

やがて、町にはハロー帽を被ってジープに乗ったアメリカ兵の姿が見られるようになり、広場にはトタン囲いの店が並ぶ闇市が、町に活気をもたらすようになった。復員して来る人たちや、肉親を失った失意の人などの、悲喜こもごもの想いが交じり合った占領下ではあっても、敗戦後の日本はそれなりに立ち直りの方向へ動き出していた。

良次郎の立ち直りは早く、散らばっていた元の仲間を集めて、ここぞとばかりにジャズバンドの練習を始めた。そしてアメリカ兵とも好んで交流を持って、演奏活動も盛んにやるようになった。

◆

患者名の札に池谷良次郎と書かれているのを確認して、恭子はドアを軽くノックしてからそっと半開きにして覗いた。

良次郎はベッドに半身を起こしているが、右足と右手はギプスに覆われ、頭にも白い包帯を巻かれた痛々しい格好だった。恭子は一瞬胸がつまったが、良次郎と目が合った瞬間、見舞いに来たことも忘れ、ぷっと噴き出してしまった。

「あっ、笑ったな、許さん。オキョウ、覚えとけよ」

左手で恭子を指さしウインクした。

「ごめん、ごめん。だっていくらなんでも、今度ばかりはもっと深刻な顔して寝ているかと思ったのに、いきなりそんな顔して笑わすんだもん。さすがにイケリョウや」

「イケリョウは死んだとみんなは思っとるやろ。けど、そうはいかんで。俺は不死身や。ざまあ見やがれ」

歌舞伎の台詞《せりふ》まわしよろしく大見得をきった。

「イケリョウが車で市電と喧嘩《けんか》しよったたって聞いた時は、心臓が止まりそうになったわ」

「そうや。市電は強いで、喧嘩したらあかん。俺の車はペシャンコや。退院したら、今度は市電に負けへん戦車にでも乗ったろか」

呆《あき》れて恭子は手を振り横を向いた。

「まだそんなこと言ってる。性懲りもなしに。でも、命に別状がないと聞いてちょっと安心したけど、顔を見るまではやっぱり心配やったわ」

思い出したように、恭子は持ってきた花束を良次郎に突き出した。

「良ちゃん、バーボン持って来てくれた方が良かったのにって言うでしょう」

「そんなこと、もう言わへん、俺にぴったしの華やかなバラや。ありがとう、オキョウ。ステージでみたいに胸に抱いて立ち上がりたいけど、このギプスでは身動きできへんもんな。何とかしてくれよ、オキョウさん……。

そやけど、ほんまのこと言うたらもう俺、いよいよ遊びでもドラム叩かれへんようになったんや、手も足もスナップが利かんようになってしもうた」

良次郎はぽろっと本音を吐いた。良次郎のしずんだこの目を見るのは二回目だと、恭子は思った。

あれは、進駐軍のオフィサーズクラブでのことだった。

良次郎は人気ドラマーになっていたので、バンドは好調に仕事を増やしていた。若いアメリカ兵たちとも友達のようにふざけあった。

そんなある日、良次郎と仲よしの黒人兵ロドニーが、大きな目をくりくりさせながら良次郎にドラム合戦をしようと挑んできた。

いつもは少年のようにはしゃぎまわって、音楽談義に花を咲かせていた陽気なロドニーが、ドラムの前に座ってスティックを取った瞬間、良次郎が石のようになってしまい、目が三角になるのを恭子は見た。

ドラムを叩いているのはおちょけた（ふざけた）少年ではなく、プロのドラマーになってしまったロドニーで、まるで彼の体全体から、ジャズが溢れ出しているかのようだった。

そのあと、

「オキョウ、俺のやってるジャズは真似事にすぎへん。まるで猿真似や。オキョウもそう思ったやろ？　ロドニーには根っからジャズの血が流れとるわ。あいつの刻むリズムは俺にはないものや、あのドラムは腹にずしんとこたえた。参った……」

良次郎は恭子にぼそっと言った。

それから間もなくのことだった、良次郎がバンドを辞め大学に戻っていったのは。

「オキョウ、思い出さへんか。少しずつ世の中がやばくなっていった頃、部屋を薄暗くしてレコードの音も低うして、みんなで内緒で聴いたやん。デューク・エリントンのA列車。しびれたなぁ。それに、オキョウはビリー・ホリデーやエラ（・フィッツジェラルド）に夢中やった。戦時やから見つかったらあかんことは分かってて、みんなで何にも考えんと音楽に熱中できたあの頃が一番よかったな」

「そうそう、良ちゃんの部屋で、肩を寄せ合って蓄音機の周りを囲んで」

そこには青々とつくしのように刈り込んだ、丸坊主頭の仲間たちがいた。

「タッツンなんかホーキンスばっかり聴いてたで。いくらコピーしたかて無理やっちゅうのに」

「私かて、ホリデーみたいに歌われへんのにね、一生懸命真似して歌ってたわ」

「楽器の音は出されへんから、みんな口でそれぞれに音出してハモッたやろ、ストンストンストン、シュビズヮァズヮァ」

恭子は指を鳴らし肩を揺すった。良次郎も左手だけで膝のギプスを叩き出した。

「できへんくせに、みんなでやったなー。そやけどあれがあったからこそ、戦後すぐ俺らみたいな学生バンドを、進駐軍が雇ってくれたんやと思うで」

「あのオーディションの時、あがってしもて、バックの音なんて聞こえてへんかった。外人さんの前で英語で歌うなんて……ブルブルもんやったわ」

「みんなそうやった。でも厚かましゅうにようやったな、ぼろ学生服着たままで」

そうだ。あの時恭子にはセーラー服しか着てゆく服がなかったのだった。

「でも良ちゃん、今考えたら当時としてはあんな珍しいジャズレコード、それも一流プレーヤーのばっかりよう集めたね。まだあんなジャズを聴く人いなかった時代やったのに」

「そうやろ。あれも、あの薄汚いレコード店のおっちゃんが持ってたレコードや。あのおっちゃんのおかげやで、俺が曲がりなりにもドラムなんか叩けるようになったのも。おっちゃんは赤紙がきて出征する時、自分の秘蔵のレコードを、ぼんにやるからジャズを好きになってやって、と全部俺にくれたんや」

その頃に恭子は母の期待を裏切ってピアノをやめ、音専の声楽に進んだのだった。良次郎に引っ張られるように歌いだしたジャズだったが、それが恭子を思わぬ方に向かわせてしまった。

「あのおっちゃんは、俺らの生まれた頃からアメリカに住んでたんや。そこでジャズに惹かれてしもうたんやなぁ。本場のジャズレコードを持って帰ってきて、日本でレコード店を開いて、浪花節や歌謡曲を売りながら、自分は一人でジャズを聴いてたんや。

　そこへ俺が飛び込んでいったもんやから、おっちゃんはガキの俺相手でも、ジャズの話となったら止まらんかった。あの店でレコード聴かせてもろて、アメリカのジャズクラブの演奏の話や、色んなプレーヤーの噂なんかも聞かせてくれた。その耳学問が随分、進駐軍の連中との会話に役立ったんや。だから言うなればおっちゃんは俺の先生やな」

「アメリカに住んでたんやったら、兵隊になって第二の故郷を相手に戦うなんて辛かったやろね」

　恭子は窓の外に目をやった。五階とはいえ、病室から見えるのは殺風景なトタン屋根ばかりで、対照的に真っ青な空に刷毛《はけ》で刷《は》いたように、白く尾を引いた飛行機雲が消えかけている。「飛行機の上から見ても、空はこんなのなんかな」とふと思うとため息がもれた。

「そうや。それが戦争なんや。あの時そんな人結構おったんや。ほれ、あの大御所ドラマーのジミーさんなんか、日本の軍隊で故郷と戦ったんやで。あの青い目の顔で日本の軍服着てやで。話を聞いたけど苦労したらしいわ。でもなあ、オキョウ。おっちゃんはとうとう復員してこんかった」

　それを言うと、良次郎の喉仏が上下した。

「今でも大事にしてるで、あのレコードは。聴きすぎて磨《す》り減って、音はわやくそ（むちゃくちゃ）になっとるけど、おっちゃんの形見や思うて。それに、俺たちバンドの教科書みたいなもんやからな。俺たちの青春がいっぱい詰まっとる」


ノックの音と同時に勢いよく戸が開いた。

「よう、イケリョウ、生きとるか」

「よう、よう、タッツン、久しぶり。忙しいのに、よう来てくれはった。ありがとう」

良次郎の左手を握ったタッツンの手に、良次郎はギプスの先からようやく覗いている指先を重ねようとしている。タッツンはその指先を大事そうに手で包んだ。

その時また戸が叩かれて二人が入ってきた。

「おー、オキョウも来とったか。イケリョウ、生きとるか」

みんな同じことを言う、と恭子はくすりと笑った。良次郎はギプスを持ち上げて僅かな指先で親指を立て、包帯の下から片目をつむって仲間に「グー」とウインクして見せた。

「昔の仲間がこんなに雁首《がんくび》そろえるなんて。イケリョウ様が入院したおかげやで」

「ほんまや。そやけどイケリョウは変わらんな。今ではみとせの専務さんやろ」

病室では賑やかに思い出話が始まった。

恭子はそっと流し台のある脇室へ抜け出して行き、バラを活けながら振り返った。仲間はみんなジャズを離れ、それぞれの職業に就き、今では恭子一人がプロのジャズシンガーとして歌い続けているのだった。

「ほれ、学校帰りにイケリョウとジャズりながら、チャールストンのステップの真似してたら、教護連盟の教官に見つかってしもて、『お前ら国賊だ、この時局をどう心得とるか』って怒鳴られた。二人で道端に並べられてビンタを、それも往復ビンタをいやと言うほどくらったな」

「憲兵か私服刑事みたいなのが町中にうろうろしてたもんな。あの時は顔が腫れあがってしもて、次の日恥ずかしかったなぁ。それでもやりたかったんや」

オサムは音大を卒業して、今は教鞭《きょうべん》をとっている。

「ほんと、それなりに勇気あったんやで、みんな」

腕組みをして胸を張り、うんうんと肯いた。

「進駐軍の専属バンドになれて初めての仕事が、忘れもせん、いきなり京都都《みやこ》ホテルやったやろ。まだレパートリーも少ないのに」

リーダーだったタッツンの言葉に、恭子は震えながら歌ったあの大広間に、まるで今立っているかのようにありありと、あの日の雰囲気までもが浮かんできた。

薄いサテンの幕が張られているステージには、片隅に黒いアップライトピアノが置かれていた。そして、前板にある金箔《きんぱく》の菊のご紋が光って見えたのが印象に残っている。ピアノに思い入れの深い恭子は蓋をそっと開けてみずにはいられなかった。白い象牙の鍵盤がひとつひとつ真鍮《しんちゅう》のねじで留められていた。

広間を取り巻いて、欄間には京都のお祭り風景がステンドグラス風にはめ込まれ、シャンデリアの光にひときわ東洋的に、淡く浮かび上がって見えた。恭子はそれを見て、みとせの応接間へこっそり忍んで入り叱られた日のことなどが胸に去来した。

「あの時、一番前のテーブルで食事してたのは、ジェネラルの家族と副官が四人ぐらいやったな」

「軍服に星四つついたコールマン髭《ひげ》の、いかにも恐そうで豪《えら》そうに見えた人やったのに、一曲終わるたびに、ナイフとフォークを置いて拍手してくれたやろ、そしたら他の客も仕方なくぱらぱらと拍手や。そのたびに冷や汗たらりやった」

でもその時、夢見心地でホリデーばりに歌ったのが、恭子は自分のスタートだったと思っている。

「それに、仕事の後が楽しみやったな。あんなビフテキやらアイスクリームなんか食ったことなかったもんなぁ」

「食った、食った。腹減らしてたからな。まだあの頃は俺たちもガキやったし、胃袋満タンまで食った。あの時の美味かった味は一生忘れられへんな」

あの時そっとハンカチを出し、ドーナツを包んで恭子はバッグに忍ばせたものだ。母にも食べさせたい一心からだった。

かつての仲間たちのにぎやかなやりとりを懐かしく聞きながら、恭子は心の底で、私にとって良ちゃんは良家のぼんで幼なじみ、そして憧れの人で、決してそれ以上にはならなかったのだと、寂しく良次郎を見つめていた。

◆

機上から見る空は、あの病院の窓から見た空とは違っていた。

飛行機が離陸する前から、恭子は楕円形《だえんけい》の小さな窓に額をくっつけて外を見ようとしていた。

エンジン音がだんだん激しくなってきた。

私は何を見ようとしているのかしら？　ひょっとしたらもう二度と見られないかもしれない風景だからかな。

そう思っている間にふわりと飛行機は空中に浮いた。たちまち陸地は霞みの中に消え、かすかに海とそこに浮かぶ船が見え隠れしたかと思うと、あっけなく雲の上に出てしまった。

恭子の目の下にはもう、もめん綿を敷き詰めたような分厚い雲海が広がっている。その上の青い空から降ってくる強い光が雲海をオレンジ色に染め上げた。

とうとう来てしまった。ただ一人故郷を後にして行くことは、初旅だけに不安がないと言えば嘘になる。

でも、今の恭子には悔いはなかった。今まで支えあってきた母を亡くしたことで恭子の決心はついた。それに、これまでのように良次郎をかばうこともなくなった。

良次郎様

良ちゃんを、大好きなドラムから引き離した男、ロドニー・グラントの待つニューヨークへ、オキョウは行きます。

ロドニーとのことを何もお話しせず、しかも、お別れもせずに旅立つ私を許してください。

良ちゃんに言ったら私の決心がくずれそうな気がして、このまま空の向こうへ行ってしまいます。

死ぬまで、オキョウは歌いつづけるつもりです。私にはジャズを歌うことが総てです。良ちゃんたちに引っ張られてやったジャズでしたが、今では一人になってしまいました。どこまでやれるか分かりませんが本場のジャズの真っただ中に入り込んで、魂の底から歌えるようなシンガーになりたいのです。幸いにもロドニーがあちらで活躍しています。そしてオキョウを待っていてくれています。

良ちゃんは以前に、「俺にとってオキョウはドラムと一緒で、永遠の恋人やな」と言っていましたよね。その言葉は胸に大切にしまっています。そしてオキョウにとっても、良ちゃんとジャズは永遠の恋人です。

遠い空の向こうにいても、良ちゃんの叩くドラムの音でなく、きっとあの懐かしい「エリーゼのために」のピアノの音をオキョウは聞くでしょう。もう帰ってくることはできないかもしれませんが、良ちゃんにはさよならは言いたくないのです。

オキョウより

◆

退院してからというもの、良次郎が愛用したドラムセットと並んで、ピアノは今では部屋の飾り物になってしまった。

長い間、開いたこともないままになっていたピアノの前へふと座りたくなった良次郎は、久しぶりに鍵盤に触れるとそのまま静かに指を走らせた。

その頃、良次郎に宛てた恭子の手紙は、空港前のポストに音もなく落ちていった。

激動の時代を乗り越えて、立ち直った昭和、平穏な頃のお話です。

池田ひろこ

著者プロフィール

池田 ひろこ（いけだ ひろこ）

兵庫県西宮市在住

坂物語

2023年 9 月15日　初版第 1 刷発行

著　者　池田 ひろこ
発行者　瓜谷 綱延
発行所　株式会社文芸社
〒160-0022　東京都新宿区新宿1－10－1
電話　03-5369-3060（代表）
03-5369-2299（販売）

印刷所　株式会社エーヴィスシステムズ

ISBN978-4-286-24579-9　JASRAC 出 2303706－301